Bodegando

una Novela

David Q. Hall

Impreso en los Estados Unidos de América
Primera impresión 2020
Todos los derechos reservados..

ISBN: 978-1-948894-15-9

Copyright © 2020 por David Q. Hall

Ilustración por Maxine Hall

Traducido por Debra R. Sanchez

Tree Shadow Press

www.treeshadowpress.com

DEDICACÍON

En memoria de Ethel

RECONOCIMIENTOS

El crédito y la gratitud se debe a mi esposa, la Rev. Maxine E. Hall, y a mi familia por empujarme a pasar el tiempo de "refugiarse en casa" durante la pandemia Covid-19 del 2020 escribiendo esta novela.

"Será una buena terapia para ti, Papá".

Creo que lo fue.

CAPÍTULO UNO

Era atardecer cuando Alice y Vic giraron hacia el sinuoso camino del municipio que los llevaría a la vieja granja familiar. Habían disfrutado de un divertido descanso conduciendo hasta la fábrica de queso en Shullsburg, donde se abastecieron de sus favoritos: desmenuzable queso cheddar de diez años, cuajada de queso, queso *brie* de triple crema con setas silvestres y *pepper jack*.

El gran todoterreno negro con cristales oscuros que había estado detrás de ellos durante varios kilómetros hizo el mismo giro y continuó siguiéndolos. Mantenía la misma separación, unos cien metros atrás.

Alicia resistió el impulso de acelerar su pequeño sedán híbrido enchufable, pero miró hacia arriba y vio las luces delanteras del SUV en su espejo retrovisor.

"Todavía está detrás de nosotros".

Vic dijo: "Sí". Ambos llegaron a la misma conclusión. Su seguidor no fue una coincidencia, y fue ominosa.

Pasaron por las ruinas de una granja abandonada que era

el último lugar antes de llegar a la antigua casa de la familia. Estaban a sólo un cuarto de milla del camino de grava hasta su destino. Alice estaba ansiosa por ver el todoterreno cuando vio que empezaba a acelerar y se acercaba a su parachoques trasero. Preocupada de que pudiera golpearlos deliberadamente por detrás y hacerlos caer en la zanja llena de totora que hay en la carretera del pueblo, apretó el acelerador con fuerza. Prácticamente hizo su propio giro en la zanja mientras daba la vuelta en el carril que lleva a la granja.

Vic agarró la manija sobre la puerta del pasajero mientras se balanceaba violentamente de lado a lado con la maniobra brusca. Intentó frenéticamente presionar el 911 en su smartphone. No había señal.

"No puedo hacer una llamada", dijo frustrado mientras rebotaban a una velocidad demasiado alta en el carril de grava.

"Hay una recepción irregular aquí", dijo Alice, apretando los dientes en un bache especialmente duro. "O si no, nos están atascando".

De repente, una bala de nueve milímetros rompió su ventana trasera y se estrelló contra el asiento del conductor. De alguna manera, Alice se las arregló para mantener las manos en el volante y el coche en el carril mientras ambos agachaban la cabeza en pánico.

"¡Mierda!" Vic gritó. "¿Qué...?"

Otra bala del todoterreno voló el neumático trasero izquierdo. Alice tiró de la rueda con reflejo hacia la derecha y patinó hasta detenerse unos metros delante de los escalones del porche de la casa. El todoterreno roció grava mientras tronaba hasta detenerse a un tiro de piedra detrás de ellos.

"Date prisa, Vic", gritó mientras agarraba su portátil del suelo bajo sus pies, salió corriendo por el lado del conductor y corrió hasta la puerta principal. Él estaba justo detrás de ella.

Tres hombres vestidos de oscuro con capuchas de punto negro cubriendo sus cabezas y caras salieron del todoterreno, cada uno de ellos agarrando rifles de asalto AR-15. Uno de ellos disparó una ráfaga de tres rondas cuando Alice y Vic abrieron la puerta, que normalmente fue dejada abierta en esa área informal y de bajo crimen. Las tres balas golpearon a Vic en la espalda, matándolo instantáneamente. Su cuerpo sin vida se estrelló contra la puerta al derribarla, empujando literalmente a Alice hacia el interior mientras se precipitaba hacia la entrada principal y cerraba la puerta detrás de ella.

"¡Victor!" gritó. Pero ella tuvo la presencia de la mente para cerrar con llave y cerrojo la puerta mientras convulsionaba con el shock y el dolor. Alicia miró con los ojos abiertos, horrorizada, a través de los cristales biselados de la puerta mientras los asaltantes encapuchados entraban en el porche, blandiendo sus armas automáticas. Dos de ellos agarraron el cadáver de Vic bajo sus brazos, arrastraron el cadáver hasta la parte trasera del todoterreno, lo arrojaron a una lona azul y cerraron de golpe la puerta trasera. Rápidamente se reunieron con el tercer hombre, obviamente el líder del escuadrón, y se dedicaron a entrar en la casa para buscar a Alice.

La mente aterrorizada de Alice corrió. *Estarán aquí en un instante. ¿Correrán por la puerta trasera? No, al menos uno de ellos ya estará allí atrás.* Su cabeza giraba frenéticamente mientras sus pies se arrastraban como si no supiera en qué dirección dar el paso. *No puedo escapar de esta casa. Tengo que esconderme, pero... pero, buscarán hasta que me encuentren. Ni en el sótano, ni debajo de la cama, ni en el armario... por supuesto, es el único lugar.*

Se lanzó por las escaleras a la habitación de seguridad del segundo piso..

CAPÍTULO DOS
Exactamente tres días antes ...

Alice Louis recibió a su colega y amante secreto en su oficina privada y cerró la puerta. Victor Chernowski enseñó literatura moderna como profesor adjunto en la Universidad de Iowa, Iowa City, mientras que Alice enseñó en la misma capacidad en la sección de escritura creativa del Departamento de Inglés. Aunque ninguno de los dos era periodista profesional, ambos también contribuyeron con artículos de fondo de vez en cuando en el *Iowa City Daily Journal*. Alice admiraba especialmente a los reporteros de investigación y se preguntaba a veces si esa era su verdadera vocación en lugar de enseñar a escribir ficción a los aspirantes a estudiantes. Era el final de la jornada laboral, y ambos habían terminado sus clases y citas ese miércoles.

"¿Quieres ir al pub irlandés Micky's o a Donnelly's para beber y cenar?" Alice preguntó mientras Vic se sentaba en una de las sillas frente a su escritorio.

"Ambos lugares están muy cerca de la Unión de Estudiantes y de la multitud del hospital", dijo Vic. "Muchos estudiantes y profesores. ¿Por qué no vamos un poco más lejos a la cervecería Big Grove?"

"Está bien para mí", dijo Alice.

"Pero primero", Vic se puso más serio en su aspecto y tono, "¿cómo va con 'El Proyecto'?"

Alice bajó su voz aún más y al menos igualó su comportamiento serio, "Creo que estoy muy cerca de conseguirlo todo. Hablé muy confidencialmente con John, el editor en jefe del *Daily Journal,* esta mañana sobre cómo terminarlo y presentárselo para hacerlo público, y casi para mi sorpresa, parece que lo aceptará. Sería la "primicia" de todas las primicias, por supuesto, y atraería mucha atención al *Daily Journal.* Puede llevarlas al nivel de periodismo del *Washington Post* o *New York Times.* Es increíblemente excitante... y terriblemente aterrador, todo mezclado."

"Bueno, creo que es genial," Vic sonrió con orgullo, "y realmente necesita hacerse. Sería una expresión definitiva de 'decir la verdad al poder', y debería cambiar tanto el juego como *Los Documentos del Pentágono* o la investigación del Watergate. ¿Qué tienes que hacer todavía para entregárselo a John?"

"Bueno, estaba pensando", dijo Alice, "¿por qué no nos vamos el viernes por la tarde tan pronto como podamos salir de aquí y nos dirigimos a la vieja casa y granja de mi familia en el campo? Puedes ayudarme con mis notas y borradores, y creo que puedo condensarlos y organizarlos el viernes por la tarde, el sábado por la mañana y por la noche, y repasarlos por última vez el domingo antes de volver a la ciudad de Iowa. Tomaremos un merecido descanso el sábado y conduciremos a Shullsburg para un divertido almuerzo y compras de queso en la gran fábrica de queso de allí, y luego volveremos a la granja para el sábado por la noche... además de algo de diversión de otro tipo."

"Parece que lo tienes bien pensado y meticulosamente

planeado, como siempre. Me apunto. Pero por ahora, ¿nos vemos en Big Grove? Digamos, ¿a las 6:00?"

"Es una cita", sonrió con gran placer y con un guiño seductor. Y Vic salió para empacar en su propia oficina.

Alice tenía todas sus notas, borradores, documentos de pruebas escaneados, declaraciones juradas de testigos, incluso algunas fotos pertinentes, en su portátil altamente encriptado. Había tomado la precaución de copiarlo todo en dos dispositivos de memoria USB encriptados. Mantuvo su portátil con ella en todo momento, ni siquiera yendo al baño sin ella. Los dispositivos de memoria USB también llevaba encima, uno escondido en un compartimento ingeniosamente disimulado en el grueso tacón de las zapatillas que siempre llevaba. Tan pronto como podía salir de la granja el fin de semana, tomaba la otra copia y la escondía en un lugar seguro e inencontrable de la casa antigua. *Nada que se le ocurra a nadie. Ningún escondite "clásico" como un ladrillo suelto en la chimenea, o una caja fuerte en la pared detrás del retrato de mi bisabuelo, o un compartimento en el suelo bajo la vieja alfombra persa del salón. Y ciertamente no en una bandeja de cubitos de hielo en el refrigerador-congelador, o en la gran olla de harina de la cocina,* ella se rio. *No, conozco el lugar perfecto donde ni una sola alma miraría. Si me roban o confiscan mi portátil, o me quedo sin mis zapatos favoritos,* ella se ríe de nuevo, *mi segunda copia de seguridad estará dentro de la vieja veleta del gallo en el tejado. Listo para hacer sonar la llamada de atención para que venga la Justicia.*

Alice miró el reloj de su smartphone. *Hora y media hasta que tenga que conducir hasta Big Grove para reunirse con Victor.* Se recostó en su silla ergonómica, cerró los ojos y pensó en lo que había armado. Cómo había obtenido el material incriminatorio, y el efecto que tan desesperadamente esperaba que tuviera en su ciudad, su estado, incluso en el gobierno federal. Esperaba que fuera como ese juego de equilibrio, en el que quitas el bloque equivocado en la última fila y derribas toda la estructura de la torre. *¿Cómo se llama? ¿Jergo? ¿Jumble? Lo que sea.*

Lo que Alicia había compilado, casi completamente por error al principio, era evidencia concreta de que, desde pequeños consejos de supervisores de tres hombres, a consejos de la ciudad, a oficinas legislativas estatales, a juzgados, al Congreso y a la propia administración federal... oficinas y posiciones clave y poderosas fueron literalmente compradas y pagadas. Enormes sumas no sólo se gastaban en cosas como campañas políticas, sino que también se pagaban enormes sumas por nombramientos regulares. Renuncias clave fueron compradas para que se pudieran hacer nombramientos pagados para llenarlas temporalmente. *El argumento de que tenemos el peor sistema de gobierno que el dinero puede comprar... Bueno, tengo pruebas de la corrupción y la podredumbre de la codicia y el dinero. El Infierno de Dante no se puede comparar con el nivel de maldad y pecado que puedo documentar.*

Se había dado cuenta, poco a poco, de que su material no sólo era explosivo, sino que era peligroso hasta el extremo, incluso para ella misma. Por eso había sido tan cautelosa y reservada como podría serlo un humano. A Vic le habían contado su secreto porque confiaba plenamente en él, incluso con su propia vida. Algunas de sus mejores fuentes, sus profundos confidentes, sabían que estaba preparando algo, pero había tenido mucho cuidado de no dejar que nadie más supiera de la amplitud y profundidad de su proyecto. Incluso John, el editor en jefe, sólo tenía una imagen parcial de lo que suponía que sería una exposición limitada.

Era casi la hora de apagar las luces, cerrar la puerta y salir a tomar una copa y a cenar. La primera unidad de dispositivo de memoria USB estaba en el compartimento oculto de los zapatos. La segunda estaba en un bolsillo invisible en el forro del maletín de su portátil. Alice se puso su chaqueta contra el frío de la tarde, metió el portátil en su funda, colocó una cadena resistente que sujetaba su funda a un robusto brazalete plateado alrededor de su muñeca izquierda como un mensajero diplomático con documentos clasificados, y abrió la puerta de su oficina para salir. Pero primero se detuvo a pensar, *Aquí va. Espero que esto funcione, y que vuelva a esta oficina y a las aulas el próximo lunes... después de reunirme temprano con John.*

Se ha dicho que la vida es lo que te pasa cuando vas a otro lugar. Sentimientos similares se han atribuido a John Lennon y a Allen Saunders antes que él. Alice no tenía forma de saber adónde la llevaban en su vida desde ese momento.

CAPÍTULO TRES
Exactamente tres días después ...

Cuando Alice llegó al segundo piso, agarrando el maletín de su portátil literalmente por la vida, escuchó el vidrio biselado antiguo de la puerta principal rompiéndose. Una mano con un guante negro atravesó el cristal roto y se inclinó y buscó a tientas el cerrojo y la cerradura de la puerta.

No hay tiempo para quedarse paralizada y mirar embobada, ella pensaba. *Tengo que ir a la sala de seguridad.*

Bajó corriendo por el pasillo de arriba y entró en el gran dormitorio principal. Cerró la puerta detrás de ella tan silenciosamente como pudo y se arrastró hasta el gran armario antiguo de dos puertas contra la pared lateral en el lado opuesto de la habitación.

Hace muchos años, su abuelo, un granjero, carpintero y manitas, construyó la habitación segura. Nadie había previsto nada como la actual emergencia de Alice. Más bien, en ese país de las praderas con una temporada anual de tornados, se había pensado en un refugio familiar contra tornados. El abuelo había convertido un pequeño almacén adyacente al dormitorio principal con una sola puerta del dormitorio en la habitación segura. Había reforzado la estructura alrededor del viejo almacén con pesadas vigas de madera de seis por seis. Tablas adicionales de unos centímetros de grosor habían dado a las paredes, el suelo y el techo más del doble de grosor.

La puerta original de núcleo hueco había sido reemplazada por una puerta de acero macizo con cerraduras interiores deslizantes cerca de la parte superior e inferior de la puerta, y una cerradura de cadena en el medio. La intención era que en el caso de que se aplastara el dormitorio exterior debido al derrumbe del techo de la casa, la puerta no pudiera abrirse. Y como era un maestro carpintero con una vena perfeccionista, el exterior de la puerta estaba cubierto con tablones rústicos que encajaban perfectamente con el interior del viejo armario. Cuando se cerraba, encajaba y se mezclaba tan bien que era indistinguible del resto del interior del armario. Ni siquiera sabrías que había una puerta allí. Y en lugar de una manija para abrirla y acceder al cuarto seguro, todo lo que uno tenía que hacer era empujar contra un medallón ornamental tallado en el centro de la parte trasera del armario, y la pesada puerta se abría suavemente... siempre que nadie estuviera dentro y la cerrara con llave.

Alice y su hermana menor, Jane, habían jugado a veces entrando en la sala de seguridad, aunque tenían prohibido intentar encerrarse en ella. Alice se refería alegremente a sí misma como "la bruja del armario" cuando se entraba a escondidas en la sala de seguridad.

La habitación de seguridad estaba conectada a un nuevo sistema de intercomunicación que el padre de Alice había instalado hace varios años, para que cualquiera que estuviera dentro de la habitación pudiera comunicarse con la gente de otras habitaciones de la espaciosa y antigua granja. También tenía teléfono celular y acceso a Internet, así como un sistema de radio. La habitación estaba provista de agua embotellada y alimentos no perecederos para poder mantener a una familia de hasta seis personas durante una semana. Las dos camillas plegables se complementaron con sacos de dormir enrollados. Había incluso una pequeña estantería con varias obras clásicas de ficción, así como algunos juegos familiares favoritos. Y muy importante - un botiquín de primeros auxilios, linternas, ropa de lluvia y una cuerda fuerte.

Como la habitación nunca había sido prevista como una defensa contra el inaudito allanamiento de morada, no había ningún panel de sistema de seguridad o monitor de visualización. También era inusual que el espacio de un refugio contra tornados estuviera ubicado en el segundo piso en vez de en la planta baja o en el nivel del sótano, pero el abuelo había decidido que el antiguo almacén era el espacio más utilizable de la casa, y que sus refuerzos de la estructura lo dejarían intacto incluso si el resto de la casa se derrumbaba.

No había ventanas, pero había planeado una salida de emergencia en caso de que la casa se derrumbara alrededor de la habitación. Había una trampilla - también cerrada con llave desde el interior - colocada en el techo de la habitación de seguridad. Se abría en el espacioso ático de la vieja casa a través del suelo del ático. No había acceso al cuarto seguro desde el ático a menos que alguien dentro de la habitación abriera la trampilla.

Pero, aunque su impulso frenético era entrar en la habitación segura lo más rápido posible, Alice tenía suficiente presencia de ánimo para darse cuenta de que con un asaltante apostado fuera y dos buscando la casa, les llevaría al menos un par de minutos despejar el primer piso y sus posibles escondites. Incluso un poco más si al menos uno de ellos bajaba al sótano antes de subir las escaleras. Ella decidió intentar una desesperada distracción.

Ató las dos sábanas de la cama del dormitorio principal tan rápido como pudo, subió una ventana trasera, ató un extremo de las sábanas unidas al viejo radiador bajo la ventana, y tiró el extremo suelto por el lado de la casa. Para tratar de vender su diversión, tomó una pequeña estatua de una mesilla de noche y la tiró en el oscuro bosque cerca de la casa. Como ella esperaba, la estatua hizo un ruido como si golpeara los arbustos de abajo.

Espero que fuera lo suficientemente fuerte como para llamar la atención del tipo de fuera. No se quedó en la ventana para ver si lo había hecho. Pero lo hizo.

Alice sacó el maletín de su portátil de la cómoda, dio unas palmaditas en el bolsillo de su chaqueta para asegurarse de que su móvil seguía allí y no se había caído durante todo el esfuerzo, y se dirigió rápidamente al armario de la pared adyacente. Abrió las puertas gemelas del armario, metió la mano y empujó contra el medallón ornamental, y por supuesto... la puerta de la habitación de seguridad se abrió en sus bisagras interiores. Se echó hacia atrás, cerró las puertas del armario, entró parcialmente en la habitación segura, y luego se volvió y juntó la ropa, las batas, los caminos de mesa y las perchas sueltas en la barra de la parte superior del interior del armario. Entró en la habitación segura, encendió la lámpara de batería única y cerró la puerta de la habitación segura de nuevo. Encajó perfectamente y de forma imperceptible en la pared trasera del armario, y aseguró todas las cerraduras del interior.

El tiempo dirá, ella apretó la mandíbula, *pero tal vez estoy a salvo por un rato.* Se sentó en una silla plegable en el interior para calmarse con la respiración profunda y pensar lo mejor que pudo.

¿Y ahora qué?

CAPÍTULO CUATRO

La brigada de asalto había planeado meticulosamente esta eventualidad. Si no eliminaban los objetivos antes de que pudieran llegar y entrar en la casa, si uno o ambos accedían al interior, entonces procedían según el protocolo. Uno de los miembros del escuadrón colocaría un poste afuera, especialmente vigilando la parte trasera que llevaba a los pastos, y el lado cerca de los bosques adyacentes. Los otros dos realizarían un barrido manual de los niveles de la casa.

La primera prioridad era adquirir el portátil y cualquier copia de los archivos almacenados en unidades de memoria. La segunda y simultánea era eliminar los sujetos. No había necesidad de interrogar o tomar prisioneros. No debían dejar ninguna evidencia física. No hay casquillos de balas, ni huellas, ni muestras de ADN. Y ningún cuerpo para la autopsia. La ropa y calzado de operaciones negras que llevaban se destruirían sin dejar rastro tan pronto como volvieran a la base, así como los neumáticos de su todoterreno. Nadie tendría nunca nada que usar como evidencia para cualquier futura investigación.

Su equipo era de última generación, e incluía gafas de visión nocturna, prismáticos térmicos, teléfonos montados en circuito cerrado, y una variedad de armamento letal además de los rifles de asalto AR-15 y las Glocks de 9 mm. Incluso llevaban Tomahawks tácticos SOG F01T y cuchillos Bowie de combate Ka-Bar Becker BK9. Lo que fuera que mejor hiciera el trabajo, lo tenían.

El líder del escuadrón y su número dos casi habían terminado su búsqueda de los niveles de abajo y del sótano cuando el número tres escuchó el ruido "crujido" en los bosques laterales. Inmediatamente llamó por radio a los otros dos. "Hay ruido en los bosques a lo largo de la casa. Lo comprobaré. Cambio."

"Recibido", respondió el líder. "Enviaré a Número Dos para ayudar".

"Líder de escuadrón", regresó el Número Tres, "Estoy viendo una cuerda de sábanas colgando de una ventana de un segundo piso en este lado del bosque. Puede que esté intentando escapar a través de los árboles. Cambio".

"Recibido, Número Tres". Número Dos está en camino, rápido. Cambio y fuera".

La transmisión apenas había terminado cuando el número dos se unió al número tres, y los dos comenzaron a entrar en el bosque, buscando huellas, follaje perturbado, ramas rotas, movimiento hacia arriba, cualquier signo de que alguien se había ido por ahí.

El líder del escuadrón y su número dos casi habían terminado su búsqueda de los niveles de abajo y del sótano cuando el número tres escuchó el ruido "crujido" en los bosques laterales. Inmediatamente llamó por radio a los otros dos. "Hay ruido en los bosques a lo largo de la casa. Lo comprobaré. Cambio."

"Recibido", respondió el líder. "Enviaré a Número Dos

para ayudar".

"Líder de escuadrón", regresó el Número Tres, "Estoy viendo una cuerda de sábanas colgando de una ventana de un segundo piso en este lado del bosque. Puede que esté intentando escapar a través de los árboles. Cambio".

"Recibido, Número Tres". Número Dos está en camino, rápido. Cambio y fuera".

La transmisión apenas había terminado cuando el número dos se unió al número tres, y los dos comenzaron a entrar en el bosque, buscando huellas, follaje perturbado, ramas rotas, movimiento hacia arriba, cualquier signo de que alguien se había ido por ahí.

El líder del escuadrón se quedó en el piso principal de la casa, cerca de la elaborada escalera de madera tallada que lleva al segundo piso. El éxito de la operación dependía de estar preparado para cualquier eventualidad, y no quería dejar una salida principal sin vigilar en caso de que la mujer no hubiera intentado realmente escapar al bosque. En cualquier caso, sabía que pronto la tendrían a ella, y lo que es más importante, el ordenador y las unidades de memoria USB. No sabía qué información contenían esas unidades, pero no necesitaba saberlo. Bastaba con que la brigada supiera que la gente de arriba había hecho de su adquisición un asunto de máxima prioridad.

Habían pasado varios minutos cuando el Número Dos volvió a la línea.

"Líder de escuadrón, ¿me copia?"

"Adelante, Número Dos. Cambio".

"No hay absolutamente ninguna señal de que ella se haya ido por aquí. Todo lo que pudimos encontrar fue algo de cerámica rota. Puede que la haya tirado por esa ventana como una distracción. Se acabó."

"Copiado". Ustedes dos vuelvan aquí de inmediato. Nos dirigimos hacia arriba. Cambio y fuera".

CAPÍTULO CINCO

Alice no se hacía ilusiones de que su falsa fuga por la ventana engañaría a sus perseguidores por mucho tiempo. *Desearía que así fuera, pero estos tipos son profesionales. Tal vez de operaciones especiales militares. O exmilitares. Tal vez contratistas privados.*

En parte para calmarse y darle algo en que pensar, aparte de estar inmovilizada por el terror, se preguntaba quién podría haberlos enviado tras un par de profesores asistentes de la universidad.

Quiero decir, hablando de exagerar. Se estremeció al elegir mentalmente esa palabra. No estaba preparada para la posibilidad real de ser asesinada. Lo que la obligó a pensar por un horrible instante en Víctor. Pero ella empujó ese pensamiento y sentimiento tan profundo como pudo. Su supervivencia dependía de mantener un enfoque completo en su propia situación.

Volvió por un momento a preguntarse quién estaba detrás de este ataque. *¿Podría ser militar? ¿Había filtrado* *uno de sus pocos confidentes o fuentes que tenía pruebas de que el dinero de los militares se desviaba para comprar a los políticos y sus votos? ¿Podrían ser grandes y ricas corporaciones? ¿El complejo industrial/militar que Eisenhower había advertido hace años? ¿Había sido el objetivo asignado por los propios políticos?*

Se dio cuenta de que todo era una especulación inútil y una preocupación de su parte. El único pensamiento que importaba en este momento era cómo encontrar una salida a su autoimpuesto encarcelamiento. Al igual que sus sábanas anudadas colgando de la ventana, el escondite de Alice era simplemente una distracción un poco más elaborada.

Esta habitación segura no será segura para siempre. Pero tal vez me mantenga a salvo el tiempo suficiente para pensar en otra cosa. Pero una cosa que sé. La información que tengo tiene que salir para que todo el mundo la conozca. La verdad tiene que sobrevivir, aunque yo no lo haga.

Respiró hondo y buscó su móvil en el bolsillo. Pero a pesar del teléfono celular y la capacidad de Internet de la sala de seguridad, aún no había señal.

Debo haber tenido la razón en la carretera. Tienen que estar usando un bloqueador.

No había un teléfono fijo anticuado en la relativamente nueva sala de seguridad. *Pero al menos tengo electricidad.* Ella pensó que sería prudente al menos cargar su celular en caso de que se volviera utilizable.. *O no,* hizo una No se carga. Deben haber cortado la electricidad.

Alice tenía razón. El escuadrón de asalto no necesitaba luces eléctricas con su visión nocturna y su capacidad de imágenes térmicas. Los tres hombres de operaciones encubiertas subieron las escaleras y fueron de habitación en habitación para encontrarla. Con todo el grosor de las paredes, el suelo y el techo, así como la puerta de acero perfectamente camuflada en la parte trasera del armario, no podía oír sus movimientos sigilosos, pero no tuvo problemas en formarse una imagen mental de su barrido de las habitaciones del segundo piso.

Y dos de ellos - el líder del escuadrón y el número tres - entraron en el dormitorio principal, se registraron bajo la cama, despejaron el baño privado adjunto y miraron detrás de los muebles. El jefe de escuadrón revisó brevemente las sábanas que colgaban de la ventana elevada, miró afuera a cada lado y arriba, y concluyó que no había forma de que la mujer pudiera dirigirse a ningún lado excepto hacia abajo si hubiera salido por la ventana.

Guardaron el armario antiguo para el final, como el escondite más lógico. El líder del escuadrón tenía su rifle automático listo mientras el número tres se agachaba y abría una de las puertas del armario. Nada más que ropa colgada y otros artículos. Se agachó aún más y se arrastró para abrir la otra puerta. No tenían ninguna razón en particular para sospechar que su objetivo podría estar armado, pero se prepararon para cualquier contingencia posible. Un operativo descuidado era propenso a convertirse en un operativo muerto. Todavía no hay nadie ahí dentro.

El número tres se levantó y agarró los brazos de la ropa colgada, tirándola al suelo del dormitorio. La exposición de la parte interior del armario reveló que no había ninguna puerta oculta a ningún otro lugar.

"No está en ninguna parte de esta habitación ni en ninguna de las otras de aquí arriba", informó el líder de escuadrón al número dos mientras los tres se apiñaban en el pasillo. "Eso deja sólo el ático, y en algún lugar tiene que haber un acceso al ático. Número dos, quédate aquí y mantén los ojos y oídos por si acaso, encontraremos ese acceso al ático y lo comprobaremos.

Descubrieron la escotilla desplegable y la escalera en un

armario del pasillo que habían revisado un poco antes. Fue cuando subieron cautelosamente al ático y comenzaron a moverse por allí arriba que Alice finalmente escuchó un ruido de raspado sobre ella en la habitación de seguridad mientras los dos asesinos a sueldo empujaban cajas y objetos almacenados alrededor, buscando dónde podría estar escondida. Pero su búsqueda en el ático también fue inútil, y los dos bajaron al segundo piso.

"Tampoco ahí arriba", refunfuñó el líder del escuadrón con una mezcla de agitación, disgusto y un poco de lo que casi era respeto. No estaba listo para admitir que habían sido superados por una simple profesora, pero eliminar este objetiva en particular era un poco más difícil de lo que cualquiera de ellos podría haber esperado.

"Hombres, ella tiene que estar aquí en alguna parte. La vimos entrar por la puerta principal. Ustedes dos determinaron que ella no había escapado por la ventana de arriba hacia el bosque o cualquier otro lugar fuera de él. Y no hay manera de que ella tenga las habilidades para moverse por ahí y no dejar huellas o señales de ningún tipo.

"Tiene que haber un escondite tan expertamente disfrazado que nuestros protocolos de limpieza estándar no lo detectaron. ¿Nada debajo de la escalera?"

"No", dijo el número dos. "Y nadie en ningún lugar del sótano".

"Bueno, entonces, lo repasaremos todo de nuevo. Y asegúrate de usar la imagen térmica. Tiene que haber una firma de calor corporal en algún lugar."

CAPÍTULO SEIS

Una oficina elaborada con vistas al
Paseo Nacional en Washington, D.C.
Más temprano ese mismo día ...

Un subsecretario de una agencia de la administración federal llamado Chris, un oficial de alto rango llamado Robert, con una oficina en el Pentágono, y el CEO de un importante contratista de defensa se reunieron en la oficina de Chris el sábado por la mañana, coincidiendo con la hora en que Alice y Victor terminaban de tomar su descanso y hacer un viaje paralelo a la fábrica de queso en Shullsburg. Como anfitrión, Chris les sirvió café con brandy a los tres y comenzó su discusión.

"¿Algo que informar sobre nuestro proyecto conjunto?" preguntó a sus dos invitados.

"Un escuadrón de tres hombres está cerca de la frontera de Iowa y Wisconsin mientras hablamos", dijo el oficial. "Eliminan el problema allí y aseguran el paquete, no hay problema."

"¿Con total discreción y sin dejar rastro?"

"Afirmativo. Y no están en servicio activo y

completamente fuera de los libros."

El CEO habló a continuación. "Y anoche ese imprudente editor del Iowa *Daily Journal* sufrió un catastrófico accidente de tráfico en su viaje de regreso a Coralville. No fue fatal, pero está en coma en la UCI y el pronóstico es, digamos, dudoso".

"¿Y las fuentes clave, colaboradores, filtradores, testigos potenciales que conocemos?" Chris continuó.

"Bueno", el oficial del Pentágono respondió con un poco de vacilación, "estamos en el proceso de evaluarlos ahora, pero ayudará enormemente tener esos discos. De esa manera podemos identificar más a fondo quién podría presentar una amenaza... a nuestro, ah, 'arreglo'".

El director general añadió: "Nos enteramos, sin embargo, de dos subcontratistas que fueron un poco descuidados en el suministro de información sobre, digamos, 'incentivos', cuando los entrevistó. Ambos afirman que pensaron que estaban hablando inofensivamente y 'extraoficialmente'. Después de todo, según su experiencia, todo era como siempre. Uno de ellos ha sido transferido a una división en Alaska, el otro recibió medidas 'correctivas' y se está arrepintiendo mientras se recupera. Ellos y cualquier otro serán monitoreados y acallados si es necesario".

Chris sorbió su café y sonrió de una manera que incluso los otros dos pensaron que era siniestra. "Bien. Sólo un pequeño bache, caballeros, todas las empresas exitosas experimentan un ocasional bache en el camino del éxito." Bebió de nuevo con satisfacción.

El CEO era muy capaz de proceder sin piedad en sus negocios, pero francamente sentía una punzada de incomodidad al llegar a los escuadrones de asalto y organizar "accidentes" fatales. Estaba extremadamente indeciso sobre la expresión de esa inquietud, pero finalmente casi se le escapó: "¿Pero no podríamos simplemente negar, desacreditar, ofuscar, enterrar sus temblorosas afirmaciones en nuestra habitual ventisca de desinformación y posturas?"

Chris se inclinó ominosamente hacia adelante en su costosa silla de cuero italiano, "Eres un hombre de negocios, Jack. Tú de todos los chicos deberías apreciar la rentabilidad y las relaciones públicas. ¿Por qué permitir una pizca de humo? Hace que más gente sospeche que hay un fuego detrás de todo esto. No, esto es lo mejor. Piensa en ello como un virus que amenaza la salud de nuestro cuerpo de trabajo fino. Cuanto antes lo erradiquemos, mejor para todos. Todo el mundo se está beneficiando de este carro de manzanas. No lo estropees". Se inclinó de nuevo y bebió un poco más. A Chris le gustaba tanto el café de reserva como el brandy caro... a cualquier hora del día.

Una de las muchas divisiones del CEO trataba una variedad de productos básicos, y Chris disfrutaba haciendo analogías "campechanas" con sus asuntos de negocios. Y a pesar de la ligereza de sus metáforas, Chris era muy consciente de que la quema ilegal de las tierras indígenas de la selva tropical en el Amazonas, las infecciones de virus entre los trabajadores del tercer mundo en las plantaciones, e incluso la importación de manzanas del mayor productor del mundo en China, eran todos retos constantes que el CEO tenía que manejar. Mensaje recibido.

Los tres aplazaron su reunión altamente secreta en acuerdo. No hay nada que ver aquí.

CAPÍTULO SIETE
De vuelta en la sala de seguridad ...

Alice miró su reloj. Había pasado una hora entera desde Victor y ella habían perseguido hasta la granja. Continuó reprimiendo sus imágenes mentales y el horror a su muerte y trató de centrarse en su situación. Y aunque su supervivencia era primordial, ella realmente, creía que revelar la verdad de sus descubrimientos era aún más importante. Y tenía que encontrar alguna forma de lograr ese objetivo.

A estas alturas ya deben haber descubierto que no salí de esta casa y escapé al bosque. De una manera u otra, eventualmente van a encontrar esta habitación segura. Dios, ojalá hubiéramos puesto ese monitor de seguridad aquí. Tal vez podría haber tenido alguna idea de dónde están y qué están haciendo.

Bueno, ahora está completamente oscuro afuera. Y estaría aquí dentro si no fuera por esta pequeña lámpara a pilas. ¿Y qué tan vieja es esa batería? No proporcionará una carga por mucho más tiempo. Tengo que salir de este escondite temporal y la única manera de hacerlo es a través de la escotilla y en el ático. Y espero, contra toda esperanza, que no vuelvan a subir a buscar más cuando lo haga.

Pero si... si... puedo subir allí mientras siguen buscando en las partes bajas de la casa... ¿entonces qué? Puedo incluso usar la ventilación del ático para llegar hasta el techo, pero de nuevo, ¿entonces qué? Si llego hasta el suelo sin romperme el maldito cuello, me rastrearían sin duda alguna. La casa al este es ese lugar abandonado y en ruinas, y es la proverbial milla campestre al oeste de Anderson.

Pero en la categoría a veces trillada de "los tiempos desesperados requieren medidas desesperadas", la única opción finalmente se le ocurrió a Alice.

¡El viejo bodega de raíces!

CAPÍTULO OCHO

*G*eneraciones antes de que Alice, el abuelo de su abuelo, tuviera una casa en esta tierra de pradera. La primera vivienda tosca fue una casa de césped muy primitiva pero barata. Al carecer de un pozo perforado para el agua, estaba situada a unos 100 metros al norte de la última casa, cerca de un pequeño bache o estanque de la pradera para el suministro de agua. Se había construido cortando el duro césped de la pradera en largas franjas o bloques y poniéndolo como ladrillos naturales para hacer paredes. Era una vivienda rudimentaria, pero proporcionaba el refugio necesario contra las ventiscas y el frío, las tormentas eléctricas e incluso el sofocante sol del verano. Mientras tanto, el césped de la pradera circundante era laboriosamente cavado y arado para poder plantar sus primeras cosechas.

La casa de césped fue reemplazada unos años más tarde, ya que se adquirieron materiales para poder construir una casa de estructura de madera más satisfactoria, modesta y de una sola planta al principio. La casa de madera original fue finalmente reemplazada por el bisabuelo de Alice con la casa de campo mucho más grandiosa en la que ella donde se escondía ahora. La vieja casa de césped se fue hace mucho tiempo, se desmoronó y luego la tierra se alisó y también se plantó. Pero el sótano de la raíz original todavía estaba allí.

Cerca del pequeño estanque, que se mantenía por un pequeño manantial natural y la filtración, en su orilla sur, había una colina o montículo bajo. Y en el pequeño montículo, frente al sitio de la casa de césped original, el tatarabuelo de Alicia y sus hijos habían cavado un anticuado sótano para almacenar productos, leche, vino, sidra, cerveza, incluso carne, casi todo lo perecedero en esa época antes de la refrigeración. Muchos vegetales y otros artículos podían ser guardados durante meses y meses.

La bodega de raíces era otra ingeniosa y rudimentaria, pero muy efectiva, característica de las granjas pioneras y de las antiguas granjas tradicionales. Los antepasados de Alicia habían construido la suya para que fuera lo más eficiente y permanente posible. Tenía una puerta exterior de tablones cortos y pesados, un pasadizo de unos pocos metros que había que atravesar encorvándose, pero que había sido reforzada sólidamente con maderas ásperas para evitar derrumbes. Luego había una puerta interior del mismo diseño y materiales. La entrada por la puerta interior llevaba a la cámara principal, que era más o menos cuadrada y estaba forrada con tablones más pesados como paredes y estanterías. Se hizo un techo reforzado de la misma manera, con un par de postes de apoyo interiores, de nuevo para evitar el hundimiento y el posible derrumbe. El suelo era de tierra endurecida.

El diseño y la construcción mantuvieron los preciosos y perecederos suministros de alimentos a temperaturas controladas y humedad constante. Los alimentos se mantuvieron justo por encima de la congelación durante los a menudo brutales inviernos, y bastante frescos durante el calor del verano. La corta entrada o "corredor" - algunos la llamaban "porche" - ayudaba en gran medida a mantener la escarcha fuera. Desde la infancia, Alice y sus antepasados habían aprendido a cerrar la primera puerta exterior antes de abrir la segunda puerta interior.

Incluso en la época de Alice, el sótano de la raíz había seguido siendo utilizado, y en años posteriores le encantaba pensar en él como una especie de "casa de hobbits". Aún más importante para ella que sus capacidades de almacenamiento, cuando Alice y su hermana Jane visitaron la granja, les encantaba bajar a la bodega de raíces para jugar, imaginar, alejarse de los adultos aburridos, entretener a los amigos y mantenerse frescos antes de que los aires acondicionados de ventana fueran finalmente introducidos en la vieja casa. Lo llamaban "bodegando", acompañado de sonrisas y risas.

Otra característica del almacenamiento en el antiguo sótano de la raíz era que era un lugar perfecto para guardar suministros a largo plazo de productos enlatados, conservas, jaleas, mermeladas, incluso pasteles de fruta de las fiestas, hechos meses antes del Día de Acción de Gracias, Navidad y Año Nuevo. Tan primitivo como era el lugar, mantenía las cosas a mejor temperatura, humedad y más limpias que el sucio y viejo sótano de la granja. Y francamente, menos vulnerable a los roedores y a lo que las hermanas llamaban "bichos raros".

A veces, cuando la joven Alice pasaba tiempo con su abuela en la granja, la abuela "cocinaba una tonelada", y enviaba a Alice a la bodega de raíces para una variedad de frutas en conserva.

"La abuela le decía: "Yo soy 'glaseando', así que tráeme un frasco de melocotones, albaricoques y también algunas ciruelas secas".

Fue un recado de alegría para Alice, ya que no sólo fue muy divertido el "bodegando", sino que ¡los resultados de los esfuerzos de la abuela fueron incomparablemente deliciosos!

Durante los largos años desde su construcción y uso activo, la colina y el sótano de la raíz se habían llenado de hierbas altas y matorrales. La tierra ya no se cultivaba activamente, los campos que antes eran productivos se convirtieron en sólo pastos y algunos cultivos como el heno o un poco de trigo sarraceno. Había un pequeño jardín crecido junto a la granja, al lado del bosque. De hecho, la puerta exterior de la bodega de raíces había sido cubierta y escondida de todo lo que no fuera un escrutinio cercano desde unos pocos pies de distancia. Había que empujar y forzar para abrir la puerta, pero las maravillosas bisagras hechas a mano aún permitían que la puerta se empujara y abriera. Era un escondite casi perfecto.

CAPÍTULO NUEVE

Mientras Alice luchaba con qué hacer, dónde podía ir, el escuadrón de asesinos letales había despejado una vez más el sótano y las habitaciones de abajo. Esta vez, para estar doblemente seguros de que no podía esconderse en ningún espacio secreto, emplearon una cámara de imágenes térmicas diseñada para apuntar con armas y vigilancia extrema de la frontera. Pesaba más de 50 libras, pero la llevaban en la parte trasera del todoterreno negro por si se necesitaba en circunstancias inusuales. Penetraba y veía mucho más lejos que los habituales prismáticos térmicos.

Satisfechos de que no estaba escondida detrás de algún panel oculto o en algún compartimento secreto, Número Dos y Número Tres llevaron la cámara por las escaleras y fueron habitación por habitación como antes. Y como antes, con una pequeña ayuda para Alice, dejaron el dormitorio principal para el final.

Sólo tenían que preocuparse por debajo del suelo y detrás de las paredes interiores, ya que no había suficiente espacio en las dos paredes exteriores para que cupiera un cuerpo humano.

"Allí", dijo Número Dos atentamente, "hay una pequeña habitación escondida detrás de este viejo armario. Y una débil firma de calor corporal, como si alguien estuviera allí, o lo hubiera estado recientemente."

Además de su armamento habitual, el escuadrón también había tomado un mazo de troncos con una cabeza de acero de cinco libras de las herramientas del sótano. El Número Tres agarró el mazo y comenzó a golpear con fuerza los paneles de madera del armario. Rápidamente empezó a golpear el borde de la madera contra el núcleo de acero de la puerta de la caja fuerte.

"El núcleo de acero sólido de esa puerta oculta", dijo el líder. "Ahí es donde está. Y su ordenador y sus unidades de memoria USB. Es inútil que nos abramos paso a golpes por esa puerta para entrar. Número Dos, abrámosla con un poco de C4".

El número dos sacó un ladrillo de la composición C-4 de un compartimento de su mochila y lo pegó con cinta adhesiva a la puerta de acero, asegurándose de que la explosión explotaría en la dirección correcta. Insertó un detonador o un cordón detonador basado en PETN en el bloque de explosivo maleable. Los otros dos salieron de la habitación cuando inició la detonación. El C4 tiene una alta capacidad de corte y fue favorecido para este tipo de uso.

Alice podía oír el golpe del mazo cuando se separaba en la parte trasera del armario y se estrellaba contra la puerta de acero. Apenas un minuto antes había juzgado que los asaltantes debían haber llegado al segundo piso, y había abierto la escotilla de escape del ático, esperando y rezando que ninguno de ellos hubiera subido al ático. Mientras se abría paso tan rápido como podía, se agachó en la ventilación del ático norte y desenrolló la cuerda que había sido guardada en la habitación de seguridad. Quitó fácilmente el panel de ventilación y bajó un extremo de la cuerda después de atar el otro extremo a un travesaño del ático.

Arrojó el maletín acolchado de su portátil al césped. Luego se escabulló por el viejo agujero de ventilación, que era lo suficientemente ancho y alto para que su delgada estructura de 1,80 m cupiera. Pero antes de deslizarse por la cuerda hasta el suelo, tomó una decisión apresurada para completar un plan que había hecho antes. Apoyó su zapatilla derecha contra el borde de la abertura de la ventilación y balanceó su pie izquierdo hacia arriba para alcanzar el borde del techo. Agarró el borde del techo con su mano izquierda, mientras mantenía la cuerda alrededor de su codo derecho. Empujando con su pierna derecha y tirando hacia arriba con ambas manos y su pierna izquierda extendida, se las arregló para pasar por encima del borde del tejado y llegar al tejado.

Fue un esfuerzo precipitado, si no loco, pero una vez en el techo, se escabulló hacia la veleta en la cima de la cresta, inclinó el gallo de latón hacia un lado, y pegó la segunda unidad de memoria USB con toda su información almacenada, documentos, fotos, declaraciones de testigos, cada pedacito de evidencia que había reunido durante todos esos meses, bajo la base de latón. Luego lo volvió a colocar en su lugar.

No tuvo problemas para escuchar la explosión mientras terminaba de deslizarse hacia el suelo, trepando por la cuerda.

Espero que hayan disfrutado de esa, hizo una mueca mientras se sacudía por un segundo, agarró el estuche de su laptop y corrió a través del césped hacia el pasto de atrás.

Alice Fue un esfuerzo precipitado, si no loco, pero una vez en el techo, se escabulló hacia la veleta en la cima de la cresta, inclinó el gallo de latón hacia un lado, y pegó la segunda unidad de memoria USB con toda su información almacenada, documentos, fotos, declaraciones de testigos, cada pedacito de evidencia que había reunido durante todos esos meses, bajo la base de latón. Luego lo volvió a colocar en su lugar.

No tuvo problemas para escuchar la explosión mientras terminaba de deslizarse hacia el suelo, trepando por la cuerda. Espero que hayan disfrutado de esa, hizo una mueca mientras se sacudía por un segundo, agarró el estuche de su laptop y corrió a través del césped hacia el pasto de atrás.

Alice no tenía ni idea de si pudiera funcionar, pero justo antes de salir de la habitación de seguridad y entrar en el ático, había cogido una gran botella de cristal de aceite para lámparas que se había guardado en la habitación entre los suministros de emergencia. Se había previsto, por supuesto, utilizarlo en dos anticuadas lámparas de aceite para huracanes en caso de que se produjera un corte de corriente en una tormenta o un tornado fuerte. Había tomado el aceite de la lámpara y lo había pegado con cinta adhesiva en el centro interior de la puerta con núcleo de acero.

No tenía ni idea de que la brigada de asesinos acabaría abriendo la puerta con un explosivo, pero pensó que, si intentaban derribar la puerta, podrían romper la botella de aceite de la lámpara. Entonces, posiblemente, el aceite salpicaría y se escurriría a lo largo de la puerta, y tal vez, sólo tal vez, una chispa de golpear contra la puerta de acero encendería el aceite y al menos frenaría la entrada de los bastardos a la sala de seguridad. Pensó que era un intento muy arriesgado, pero era la única "trampa" que se le ocurrió antes de escapar al ático.

Sin embargo, la explosión de C4 tuvo exactamente ese efecto. No sólo se abrió y se dobló gravemente en la puerta, sino que también encendió el aceite de la lámpara, para gran sorpresa de los asaltantes. En poco tiempo, y antes de que pudieran entrar, prácticamente toda la habitación fue envuelta en llamas.

"Bueno, hombres", dijo el líder del escuadrón, "parece que no tendremos que desperdiciar más rondas en la eliminación de objetivos". Sólo tendremos que apagar las llamas y recuperar el cuerpo y el paquete. Número Tres, baje a la cocina y traiga ese extintor de incendios".

Pasaron unos veinte minutos antes de que extinguieran el fuego y pudieran entrar en la sala de seguridad carbonizada. Y cuando lo hicieron y empujaron a un lado los escombros ennegrecidos, la verdadera frustración y el desconcierto se presentaron por primera vez en muchas misiones bien ejecutadas. Su objetivo y el paquete no se encontraban en ninguna parte.

"Maldita sea, al infierno", ladró el líder. "¿Adónde se fue?"

CAPÍTULO DIEZ

A esta hora, eran más de las diez de la hora central, y el requisito del plan era que el líder del escuadrón se reportara a su superior en operaciones especiales por teléfono satelital encriptado a las 11:30 p.m. tiempo del este. Y el informe debía ser "misión cumplida" para que su superior pudiera a su vez hacer un informe positivo al oficial del Pentágono antes de la medianoche. ¿Qué tan difícil podía ser eliminar y conseguir cuando el objetivo eran un par de profesores universitarios? No era como los principales insurgentes talibanes en Afganistán, o un jefe de Hezbollah en el Medio Oriente.

"Tiene que haber salido de aquí y de alguna parte, jefe", dijo Número Dos.

"Bueno, será mejor que la alcancemos en los próximos veinte minutos", escupió el líder, "o mi culo estará en un escurridor, y el tuyo se va a ampollar". Abajo y fuera, ¡ahora!"

Los tres sicarios corrieron por el pasillo y la escalera y se separaron en el piso principal. El número dos salió por la puerta principal para comprobar si la mujer había tratado de bajar por la carretera del municipio. El número tres salió por la puerta trasera hacia el patio trasero, el jardín y hacia el pasto de atrás. El líder del escuadrón revisó todos los lados de la casa, y rápidamente encontró la cuerda colgando de la ventilación abierta del ático.

Bueno, refunfuñó en silencio, *supongo que eso responde a mi pregunta de cómo salió del cuarto oculto. Ahora, ¿en qué dirección se dirigió?*

Llamó por radio a los otros dos para que se reunieran con él tan pronto como vio una pista fresca que apuntaba en dirección al pasto trasero. "Se dirige a la parte trasera de los cuarenta. Vamos a atropellarla. Deberíamos tenerla a ella y al paquete en cuestión de minutos."

Alcanzó al Número Tres, y el Número Dos alcanzó a ambos poco después. *Todavía podemos atraparla antes las 22:30*. Si no, realmente no esperaba hacer esa llamada por satélite. *Mi próxima maldita misión podría terminar siendo en solitario en la Antártida.*

Alice había logrado comprarse casi media hora de tiempo y espacio de sus perseguidores. A pesar de que todavía estaba en modo de pánico y al borde del agotamiento físico y mental, todavía mantenía un control y una concentración excepcionales. Esperaba que no tuvieran grandes dificultades para seguirla, con su tecnología de punta y su experiencia altamente capacitada. No tenía ni la habilidad aprendida ni el tiempo para abrirse camino sin dejar ningún tipo de "señal", pero había conservado su inusual sentido común.

Mierda, por lo que sé, incluso podrían tener un perro rastreador en la parte de atrás de esa camioneta.

Afortunadamente, no se le ocurrió que, en esa

posibilidad, por más improbable que fuera, estaría acompañado del cadáver de Víctor que las verdaderas bestias habían arrojado allí.

No podía permitirse el tiempo para tratar de ocultar u oscurecer sus huellas en el pasto, pero en lugar de dirigirse directamente a la vieja bodega de raíces, se desvió hacia el otro extremo del pequeño estanque. El bache de la pradera estaba en un bajo pantano rodeado de bajos montículos o colinas como el lado de la granja donde se encontraba el sótano de la raíz. Alrededor del estanque había una amplia franja de humedal pantanoso de baja altitud con totoras, juncos, matorrales y un ocasional sauce corto.

Deliberadamente se abrió camino a través del extremo este de la vegetación pantanosa y en el agua poco profunda del estanque. En poco tiempo, sus huellas desaparecieron en el agua y en el fondo del estanque. Las que quedaron continuaron apuntando al norte.

Alicia vadeó rápidamente a lo largo de la paralela a la orilla sur del estanque - dispersando una pequeña bandada de patos posados en el agua - hasta que llegó a un punto más cercano a la colina donde se encontraba el viejo sótano de raíces. Se imaginó que había empleado cerca de veinte minutos de tiempo desde que huyó de la casa. En otro esfuerzo más por evitar dejar señales de su verdadero camino, cuando subió al pantano más cercano al sótano, sacó la linterna y otros objetos de los bolsillos de su chaqueta y se agarró a su chaqueta y al precioso maletín de su ordenador portátil al acercarse a un parche de fondo duro y arenoso con una pequeña abertura en el pantano de totora y juncos. Era el lugar donde Jane, ella, amigos y familiares podían entrar en el estanque y nadar o chapotear a lo largo de los años.

Dejó su chaqueta en la orilla del agua, en parte en la húmeda y en parte en la seca. Luego se subió a la chaqueta, dio unos pasos cortos hasta que llegó tan lejos como pudo sin dejar la chaqueta. Todavía agarrando el maletín de su portátil con la mano izquierda, se dio la vuelta, se echó hacia atrás y tiró de la chaqueta hacia ella sin bajarse de ella. Torció la chaqueta para que la parte en la que no estaba de pie pudiera ponerse delante de ella y permitir otros tres cortos pasos en dirección al sótano. También agarró una rama muerta que encontró en la hierba del pantano y se echó hacia atrás para poder eliminar las marcas que había dejado en la arena y la suciedad aplastando la chaqueta y poniéndose de pie sobre ella.

Alicia era consciente de que sus esfuerzos por evitar dejar huellas y marcas en el suelo al que iba eran rudimentarios y no se sostendrían si los examinaba de cerca un rastreador experto, pero contaba con varios hechos. Primero, era de noche, e incluso con sus gafas de visión nocturna, los bastardos no podían detectar marcas de matorral muy leves. En segundo lugar, tenían una gran superficie de hectáreas y acres para tratar de encontrar su signo, y a menos que tuvieran un perro de olor, se necesitaría mucho tiempo y esfuerzo para encontrar la muy débil evidencia de que ella había venido por aquí. Y, en tercer lugar, el rastro que tuvieron que seguir, al menos sugería que se había ido al norte, al agua. Y, o bien se dirigió a la orilla norte, donde buscarían infructuosamente un rastro continuo, o simplemente se rindió y se ahogó. Si llegaban a la conclusión de que esto último era lo último, tendrían que hacer otro tipo de búsqueda para tratar de encontrar su cuerpo, y especialmente el maldito portátil y las unidades de memoria USB.

Afortunadamente, la distancia a la bodega era corta y sólo le tomó unos diez minutos a Alicia negociar con su chaqueta para pisarla. Además, los últimos metros estaban cubiertos por la maleza salvaje que había crecido con los años, oscureciendo totalmente la puerta exterior del sótano.

Recogió su chaqueta con su ordenador portátil, se abrió paso con cuidado entre el matorral sin romper ninguna rama ni desplazar nada, y ahí estaba. Y algo bueno, porque como había adivinado de forma aproximada pero correcta, su margen de tiempo se había agotado, y la brigada de asesinos había llegado al pantano y al estanque en su extremo este.

CAPÍTULO ONCE

La mujer no estaba a la vista. Sus huellas habían llevado al equipo muy claramente al extremo este de este bache de la pradera, pero era obvio que se dirigían al pantano y al agua. Y al líder se le había acabado el tiempo en su agenda asignada. Retrocedió varios metros hasta la cima de la colina que lleva al estanque y de mala gana hizo su llamada requerida.

"Operación Halcón de la Pradera informando, cambio".

El comando respondió inmediatamente, "Copia al líder del escuadrón. ¿Cuál es su 1020 y tenemos el 1024? Cambio".

El líder del escuadrón sabía que estaba preguntando su ubicación exacta, y si su asignación había sido completada. "Nuestro 1020 sigue en la granja, y tenemos un 1080, cambio."

No tuvo más remedio que informar de que tenían una persecución en curso. Apretó los dientes y sostuvo su teléfono un poco lejos de su oreja al regresar.

El comandante dejó caer los códigos de transmisión

estándar y virtualmente explotó. "¿Qué demonios me estás diciendo? ¿Cómo puede uno de mis mejores escuadrones de operaciones negras arruinar una misión tan simple como esta? A menos que arregles esto con un 1024 AHORA, ¡mañana a las 1076 horas! 10-3." Y la transmisión terminó antes de que el líder del escuadrón fuera tentado a responder 10-1, "no puedo copiar". No quería enfrentarse al comandante en persona, pero el 1076 prometía estar en camino a su ubicación mañana por la mañana a las 9:00 a.m. a menos que pudieran completar la tarea esa noche.

Maldita sea, este es un fubar como nunca he tratado antes. De alguna manera tenemos que atropellarla. No había nada que hacer más que seguir buscando. En el otro extremo, el comandante tuvo que aguantarse y llamar a su jefe en el Pentágono. A pesar de lo tarde que era, tenía el número de móvil privado y encriptado del oficial superior. Peor aún, tendría que despertarlo para darle una noticia extremadamente desagradable. Tenía sus propios sentimientos de "fubar," ... o, por sus siglas en inglés...jodido más allá de toda reparación.

Se convocó una reunión de emergencia en la misma oficina de alto nivel y fue organizada de la misma manera por el subdirector de la agencia, Chris, el oficial del Pentágono, Robert, y el nervioso CEO del contratista de defensa, a las 7:00 a.m. de la mañana siguiente. Era domingo, y ninguno de los tres se alegró de tener que interrumpir sus rutinas dominicales para una conferencia como esta.

Chris tomó un trago de su habitual café mejorado y miró por la ventana del piso al techo con vista al centro comercial. Normalmente la vista reforzaba sus sentimientos de estatus, privilegio, poder y lo bueno que era ser uno de los "elegidos" tanto en la verde Tierra de Dios como en los pasillos del gobierno federal... y no se refería a las elecciones públicas..

Maldita sea la democracia, pensaba a veces. *El control de todo está destinado a gente como yo. Es nuestra bendición y nuestra correcta forma de vida la que debe ser protegida. Al diablo con el resto de ellos. La vida, la libertad y el logro de la felicidad es para nosotros y nuestra gente.*

Pero ahora la sacralidad y la quietud de su domingo por la mañana se ha visto interrumpida por este desastre en la pradera del medio oeste. Y su vista estaba igualmente contaminada. *Maldita sea.*

Sus colaboradores del mundo militar y corporativo miraron hacia abajo a la costosa alfombra persa, a las valiosas pinturas, a cada uno de los demás nerviosamente, y esperaron a que él dijera algo. Cuando Chris habló, lo hizo con los dientes ligeramente apretados y en tonos fríos y controlados.

"¿Alguna palabra?"

El oficial del Pentágono se aclaró la garganta y dijo: "Todavía no", apresurándose a añadir, "pero debería ser pronto".

"Pronto", Chris traicionó tanto el escepticismo como el descontento. "Lo mejor que ha hecho ha sido ir tras esta simple mujer, esta profesora civil, ¿para cuánto? ¿Durante casi doce horas?" No era realmente una pregunta. "¿Y qué evidencia sólida tienes de que este increíblemente suave objetivo será finalmente eliminado *pronto*?" El sarcasmo no era para nada sutil. "Y lo más importante, ¿dónde está el paquete?"

Esa fue una pregunta un poco más... y algo más ansiosa.

El oficial se movió un poco incómodo en su silla. "No hay realmente ningún lugar donde pueda esconderse con seguridad, y ninguna manera de escapar y desaparecer", dijo. "Dondequiera que esté escondida ahí fuera, la encontrarán. Pero la búsqueda ha sido en la oscuridad de la noche, y complicada por..." Su voz se apagó y deseó no haber dicho esa última frase. Se dio cuenta una vez que las palabras salieron de su boca que sonaba como una irrelevante y patética excusa. *Mejor me callo.*

Chris no hizo ningún intento de ocultar su asco. Una vez más, el director general se encontró deseando que no estuviera allí, o al menos que pudiera desaparecer en el suave cuero de la silla del club. Pero también, una vez más, no podía quedarse callado.

"Caballeros, caballeros, hay que hacer algo al respecto. ¿Tienen idea de cuánto dinero tengo en juego en este arreglo nuestro?"

Por supuesto que lo tenían. Más o menos hasta el dólar exacto. Los otros dos simplemente lo miraron, y él decidió que probablemente debería callarse.

Chris miró al oficial y volvió a hablar. "Debería decirnos qué medidas se están tomando para rectificar esta situación y cumplir la misión. Y antes de que el propio Secretario empiece a cortar cabezas". *Incluyendo el mío.*

"A menos que reciba la palabra 'todo bien' en la próxima hora", el oficial respondió, "el comandante de los escuadrones de operaciones especiales subirá a un avión y volará él mismo esta mañana, y tendrá todos los recursos a su disposición para asegurarse de que la misión se cumpla sin más problemas".

Chris bajó la barbilla, tomó otro sorbo - *Esto no sabe tan relajante esta mañana, por alguna razón* - y se refunfuñó.

"Podría haber creído que me lo habían dicho antes." Miró hacia arriba otra vez. "Manténganme informado en cada paso del camino." Miró al CEO, "Y ciertamente no queremos tirar ningún dinero bueno después del malo, ¿verdad?" Esa pregunta era retórica.

CAPÍTULO DOCE
En la bodega de raíces... ocho horas antes

Alice abrió la puerta de la bodega de raíces. Una vez en el "porche", empujó la puerta exterior hasta casi cerrarla, y luego abrió la puerta interior. Puso su chaqueta húmeda y el maletín del portátil dentro y encendió la linterna que llevaba. Luego cerró la puerta interior casi por completo, de modo que no se escapara ninguna luz de la linterna que estaba encendida y se encorvó hacia la puerta exterior. La abrió de nuevo hacia dentro y se aseguró de que la gruesa maleza que crecía sobre la puerta exterior se juntara y cubriera la puerta pequeña por completo.

Allí, tendrían que empujar hasta aquí para ver que hay una puerta aquí.

Se dio la vuelta de nuevo y se arrastró de nuevo a la puerta interior, se abrió paso y la cerró herméticamente.

Y aquí estoy yo, "bodegando" una vez más, sonrió, llamando con nostalgia a la diversión y a los buenos recuerdos de años pasados. De todos los lugares del mundo entero, este era en realidad su lugar más feliz. Un retiro de la infancia de las dificultades y obstáculos del mundo exterior.

Un reino mágico para la imaginación. Una "realidad" recreada y privada. Podría llegar a la casa de ese hobbit. Una casa de campo de elfos. Una madriguera de conejos. Un búnker de tejón. En realidad, lo que ella quisiera.

Miró a su alrededor con ojos cansados pero encantados los productos enlatados y embotellados que aún se almacenan en los estantes, nunca llegaron a ser utilizados, incluso después de todos estos años. Había una gran vasija de barro en una esquina, sentada en el suelo de tierra, probablemente todavía con pepinillos en salmuera. Una de las estanterías de tablones de fondo todavía sostenía una antigua jarra de sidra.

Me pregunto ¿qué tan alcohólico es eso ahora? Esas polvorientas jarras de un cuarto de galón de melocotones y albaricoques proporcionarían mucho glaseando para los pasteles de café de la abuela, pasteles de bundt y panes de lujo. Por supuesto, podría glasear ahora, habiendo aprendido de ella.

Había un par de sillas plegables antiguas de madera en otro rincón, usadas principalmente por Jane y ella, o amigos, cuando venían aquí "a bodegar". Sacó uno hacia el centro del sótano y se puso de espaldas al final. En otro estante del fondo había una pequeña pila de sacos de arpillera viejos usados para patatas, zanahorias, nabos, colinabos y para llevar artículos a la granja. Ella los sacó para hacer una cama rustica con un medio fardo de paja que quedaba en la bodega.

No sé cuánto tiempo tendré que estar en el sótano hasta que se vayan... o me encuentren, se estremeció. También podría tratar de cerrar los ojos.

Alice probablemente habría estado demasiado asustada y ansiosa por quedarse dormida si no fuera porque estaba tan completamente agotada, que una vez que se detuvo, no pudo mantener los ojos abiertos. Hacia la medianoche se quedó dormida en un sueño intranquilo. Siempre había sido una soñadora muy activa, y quizás especialmente con todo lo que había pasado antes esa noche, esa noche no fue una excepción.

Fue un sueño inusual.

CAPÍTULO TRECE

Los sueños se producen principalmente en la etapa de movimiento ocular rápido (MOR) del sueño. La actividad cerebral es alta, y fisiológicamente se asemeja a la de estar despierto. El estudio científico de los sueños se llama oneirología, y aunque el contenido y el propósito real de los sueños no se entienden del todo, los componentes de la actividad cerebral mientras se duerme incluyen sucesiones de imágenes, ideas, emociones, sensaciones, e incluso intentos de razonar problemas o cuestiones.

Era común que el sueño de Alicia fuera vívido, en color, y que ocurriera varias veces por noche. La mayoría de ellos ocurrían en unas dos horas de sueño REM. El fenómeno nocturno de los sueños parecía especialmente vívido, completamente fuera de su control, y perturbador hasta el punto de parecer surrealista y amenazador.

Soñó que hombres rudos y fuertes se apoderaban de ella - tal vez no sea sorprendente dados los eventos y peligros de esa noche - de modo que no podía mover sus brazos y piernas. Su cabeza se movía de un lado a otro, pero su cuerpo estaba casi inmóvil. Pero no estaba fuera, ni en el patio, ni en los pastos, ni en el bosque. Soñó que estaba en un ambiente parecido a una prisión. Los hombres estaban vestidos con overoles oscuros, y ella no podía ver sus caras enmascaradas. Estaban usando alguna sustancia en ella, un suero de la verdad, una droga psicoactiva, algo para forzarla a doblegarse a su voluntad. Una voz habló en su oído, y otra voz en su otro oído. Querían algo de ella, para entregarse a ellos. Temía que la mataran una vez que obtuvieran lo que querían de ella. Era aterrador.

Alice se despertó cuando sintió que unas gotas le golpeaban la cara desde arriba. Pero no era una sustancia lo que la obligaba, ni un suero o una droga. Ese horrible sueño ya se había desvanecido, de modo que estaba perdiendo todo recuerdo de él, dejando atrás sólo una sensación de malestar al levantarse la niebla del sueño. Las gotas venían del pozo de ventilación del techo de la bodega de raíces.

Una característica adicional de la vieja bodega de raíces era este pozo de ventilación. Sin él, el aire del sótano habría quedado atrapado, rancio, y fomentando el crecimiento de mohos y moho. No habría habido circulación de aire. En los tiempos de los pioneros en los que se construyó la bodega, no había tubos de metal resistentes, así que el pozo de ventilación desde el sótano hasta la cima del montículo natural se había hecho con una sección de tronco hueco. La base del trozo de tronco se fijaba con fuertes clavijas clavadas en los agujeros de las vigas del techo. El extremo superior y exterior del tronco se clavó a varios centímetros del suelo en la cima del montículo.

Pero el extremo superior del tronco hueco, de varios centímetros de diámetro, era áspero y dentado, de modo que desde fuera parecía de cerca como un tronco roto de un pequeño árbol. Además, también estaba rodeado por el mismo tipo de densa maleza que había crecido cuando nadie se preocupaba de limpiarlo. A menos que alguien se agachara o se acostara y mirara la parte superior del tronco, habría sido imposible adivinar que bajaba a alguna cámara oculta. Pero proporcionó suficiente entrada y salida de aire para que Alice pudiera respirar cómodamente. También permitía que una luz tenue entrara en el sótano cuando el sol salía, y la luz del día llegaba al montículo. La luz natural era muy tenue en el sótano, pero le permitía ver ligeramente sin tener que quemar las baterías de la linterna demasiado rápido.

Una vez más, en sus años de infancia, esa luz tenue desde arriba parecía hacer que la bodega fuera de alguna manera más mágico, con la oscuridad y las sombras contribuyendo a las imágenes de su imaginación. La forma oscura de la esquina trasera podía convertirse en un viejo troll gruñón, o en el hada madrina descansando hasta ser convocada por una niña juguetona. O para aquellos días en los que sintió valientemente que podía luchar y ganar contra gremlins o elfos traviesos, las sombras detrás del viejo barril de avena podían convertirse en esos espíritus problemáticos.

A medida que su mente se despejaba y el inquietante sueño se desvanecía casi por completo, su ansiedad inicial se disipó con el sol saliendo afuera, y Alice comió algunos de los alimentos almacenados que aún eran comestibles después de abrir viejos frascos y cajas. Le habría encantado su café matutino, pero eso tendría que esperar. Empezó a pensar de nuevo en su situación, y a preguntarse qué pasaba con el escuadrón asesino de la granja. Era demasiado esperar que se hubieran rendido y se hubieran ido, pero en aproximadamente medio día todavía no la habían alcanzado. Le dio una palmadita en el estuche de su portátil para asegurarse de que aún era libre... y que poseía la verdad y el poder.

CAPÍTULO CATORCE

La e brigada de asesinos había buscado durante la
noche con sus gafas de visión nocturna y binoculares. Habían
trabajado a pie alrededor de la orilla del estanque de la
pradera. No había huellas o signos dejados por la mujer o
cualquier otro ser humano. Sólo unas pocas huellas de
ciervo, el rastro dejado por un coyote que bajaba al agua para
beber, huellas de pato en la orilla del agua y excrementos de
animales.

Alice había adivinado y actuado correctamente. Uno de
los equipos había trabajado a través de la franja entre el
montículo la bodega y la orilla del pantano, pero no pudo
detectar huellas humanas o marcas obvias de alguien que
hubiera estado en esa zona. Y la vieja puerta exterior la
bodega estaba completamente protegida por esos gruesos
sauces enanos y matorrales.

Habían regresado y hecho otro barrido en la oscuridad en
el patio y alrededor de todos los lados de la casa de campo,
pero el único rastro que se pudo encontrar fue el que había

dejado de la cuerda colgante hacia el extremo este del estanque y hacia el agua. Se aseguraron de que no hubiera ninguna señal que llevara a la carretera del pueblo.

Habían seguido el protocolo de reconocimiento profundo de tomar siestas de sólo 15 minutos con tragos de café exprés para superar la fatiga y la somnolencia. El líder de la escuadra llamó a los otros dos en el pasto poco antes del amanecer.

"¿Nada?" dijo para confirmar con el número dos y el número tres.

"No". El número dos respondió, y el número tres sacudió la cabeza negativamente.

"Bueno, en este punto sólo una posibilidad parece sugerirse", concluyó el líder. "Se metió en el agua y nunca salió, ya sea por ahogamiento accidental o por suicidio por desesperación. De cualquier manera, no nos importa, pero necesitamos un cuerpo para confirmarlo. Y especialmente necesitamos el paquete. Esto último es de suma importancia. Tuvo que haberlo llevado con ella al agua".

"Así que", dijo Número Dos, "esta misión necesita cambiar a búsqueda y recuperación. Y necesitamos buzos y equipo de escaneo submarino. ¿Tenemos esos planes y preparativos de respaldo?"

El líder del escuadrón sacudió la cabeza. "No a mano. Nunca se pensó que la ejecución de la misión se desarrollara hasta ese punto. Pero a menos que se acerque a nosotros y se entregue con el portátil en las próximas horas, a las 900 de esta mañana el propio comandante subirá a un avión, vendrá aquí y traerá consigo el poder de utilizar cualquier recurso adicional que pueda ser necesario. Los niveles más altos detrás de esta misión no van a descartar esto y seguir adelante sin resolución".

"Pero ¿qué pasa con nosotros?" El número tres preguntó con un poco de aprensión.

"Podríamos estar fuera de esto y ser reasignados", el líder se encogió de hombros. "Y espero que no le importe que le destinen a un lugar muy, muy frío y desolado."

Y tal como había dicho, a las 900 horas el comandante de operaciones especiales y de operaciones negras abordó un avión comercial en el aeropuerto nacional Ronald Reagan de Washington y voló directamente al aeropuerto regional del condado de Dane al noreste de Madison, Wisconsin. Luego tomó un vehículo alquilado por la autopista 152 hacia la frontera de Iowa. En poco tiempo negoció las carreteras del condado y del municipio y en menos de dos horas se reunió con el equipo de asalto en el exterior de la vieja granja y la granja de la propiedad. Inmediatamente se hizo cargo del mando de la misión.

CAPÍTULO QUINCE

Esa mañana, cuando la luz tenue permitida por el tronco de ventilación había crecido tan ligeramente, Alice se estiró, trabajó sus doloridos brazos y piernas, arqueó su espalda y cuello, e incluso se movió en pequeños círculos alrededor de la bodega y sus dos vigas de soporte centrales. El tamaño del interior era sólo de unos pocos metros de diámetro, y la altura del lugar era apenas suficiente para acomodar su metro y medio de altura. De hecho, al lado de los estantes alrededor de las paredes tuvo que agacharse un poco, ya que el techo se inclinaba ligeramente desde el centro hacia las paredes, lo que ayudaba a prevenir el hundimiento del techo.

Pero además de querer prevenir los calambres y la rigidez, siempre parecía pensar un poco mejor cuando se movía, caminaba, incluso trotaba... no es que pudiera en un espacio tan pequeño. Nuevamente reflexionó sobre la certeza de que no podía permanecer en el sótano indefinidamente. No sólo le faltaba agua fresca y otros elementos esenciales -

Dios mío, casi mataría por un baño - sino que estaba segura de que de alguna manera la encontrarían eventualmente y "acabarían con el objetivo".

¿Pero cómo puedo escapar de nuevo, evitarlos con éxito y llegar a un lugar seguro y protegido? Y lo más importante, ¿cómo puedo hacer llegar mi información vital y las pruebas a John y al mundo para que todos las vean? ¿Cómo puedo saber dónde están los malos y qué están haciendo?

Dejó de moverse y estirarse y se sentó en su silla plegable y pensó un poco más. *Una cosa que sé, al igual que anoche, si voy a hacer un movimiento fuera de aquí, tiene que ser en la oscuridad. Cualquiera que sea la visión nocturna o la capacidad de imagen que tengan, la oscuridad de la noche es al menos algo mejor para mis perspectivas que a plena luz del día. Y no creo que cualquier pequeña posibilidad que tenga mejore si espero más tiempo que esta noche.*

Finalmente decidió que por muy escasas que fueran sus posibilidades, tenía que evitarlas, salir a la carretera del pueblo y dirigirse al oeste. *Necesito llegar a la casa de los Anderson, o al menos fuera del alcance del bloqueador de los bastardos para poder hacer una llamada...* Sacó su celular del bolsillo y lo revisó. *O no, no hay cargador, no hay energía para mi teléfono. Bueno, el de Anderson... o un coche que pasa, un camión, un autobús, cualquier cosa, siempre que no sean los malos.* .

Decidió abrir la puerta interior, con la esperanza de poder oír un ligero ruido si alguno de ellos se acercaba a la puerta exterior. *Aunque no sé qué bien haría eso, oírlos ahí fuera. Sólo hay una forma de entrar y salir de este sótano, así que si uno de esos asesinos, o todos ellos, estuvieran justo afuera, no es como si al escucharlos allí pudiera ir a cualquier parte. Salir corriendo y anunciar, "Bien, aquí estoy. ¿Me tienes?"*

Pero lo hizo de todas formas. Sólo se sentía mejor si había una posibilidad de que pudiera oír algo.

También estaba la cuestión de que necesitaba hacer *algo*, incluso si no había ningún sentido o uso particular para ello. La mayoría de los seres humanos sienten la necesidad de *hacer algo* en situaciones extremas. Es difícil aceptar que no se puede hacer nada en absoluto. Además, pensar y hacer, incluso pequeñas acciones sin sentido, parecía ayudarla a evitar ser abrumada por el shock y la pena por el destino de Víctor. Si contra todo pronóstico ella escapara, habría tiempo para eso más tarde.

Ella esperaba.

CAPÍTULO DIECISÉIS

Era casi mediodía cuando el comandante se acurrucó con su abatido escuadrón fuera de la granja. Escuchó con una insatisfacción mal disimulada el informe de situación que estaba dando el líder del escuadrón, detallando todos los acontecimientos del fallido golpe de la noche anterior, la búsqueda fallida durante toda la noche del objetivo principal y el paquete más importante, dónde habían buscado, los métodos que habían empleado, todos los hechos pertinentes de la misión no cumplida, por desagradables o dolorosos que fueran de compartir.

El comandante no interrumpió el informe del líder del escuadrón, asintió con la cabeza o la sacudió en diferentes momentos, sino que permaneció mayormente en silencio hasta que el líder concluyó. Entonces tuvo preguntas.

"Entonces, ¿no hay huellas o señales aparte de las que llevan al agua?" confirmó lo que había oído.

"No señor, ninguna en absoluto. Buscamos y volvimos a buscar. Ninguna. Absolutamente..."

El comandante levantó la mano para detenerse. No hay necesidad de repeticiones nerviosas.

"Ahora sé que empleaste las gafas y los prismáticos. ¿Y la cámara de imágenes térmicas de alta intensidad?"

"Bueno, sí, eso es", el líder del escuadrón casi balbuceó, "lo empleamos para encontrar el cuarto seguro escondido en el dormitorio principal, pero, bueno, es muy pesado y voluminoso para cargarlo alrededor de los campos y el estanque". Así que, bueno, no afuera".

El comandante asintió con la cabeza, pero no añadió ningún comentario. Continuó. "Bueno, posiblemente tengas razón. Podría haber entrado en el agua y, ya sea por accidente o suicidio, no volver a salir. Tendré buzos y escaneo submarino aquí esta tarde. Pero podrías haber pensado en montar esa cámara de imágenes térmicas en el todoterreno que has dejado aparcado en este paseo, sin otro propósito que el de actuar como un coche fúnebre. Podrías haber conducido por el lugar - tiene capacidad de tracción a las cuatro ruedas, ya sabes - y escudriñar un escondite bien disimulado entre estas colinas. O al menos el rastro de una firma de calor corporal por donde había pasado... no es que haya ninguna a estas alturas.

"De hecho, podría hacerlo ahora mismo, mientras esperamos que los buzos, su equipo y otros buscadores aparezcan esta tarde. Comienza con los campos de la granja, la colina donde bajó al estanque, y trabaja en sentido contrario a las agujas del reloj. Vayan despacio. Sean minuciosos. Quién sabe, puede que encuentres algo que te hayas perdido anoche. Si no hay nada más, te dará algo que hacer mientras esperamos".

El tono de su último comentario no fue agradable. *Sí, en algún lugar siempre frío y desolado,* el líder del escuadrón pensó para sí mismo mientras contestaba enérgicamente, "¡Señor, sí señor!"

Los otros dos miembros del equipo permanecieron absolutamente callados e inmóviles durante toda la sesión informativa y el interrogatorio, permanecieron así y deseaban ser invisibles mientras acompañaban a su líder en la tarea asignada, pero sus pensamientos eran idénticos..

Sí, frío y desolado. Fubar.

CAPÍTULO DIECISIETE

La brigada de asalto instaló la cámara de imágenes térmicas con una montura temporal en el portón trasero de su camioneta. Pusieron el cadáver de Vic en una bolsa con cremallera y lo metieron en el maletero trasero. Como se les ordenó, comenzaron en el punto donde las huellas de Alice habían entrado en la franja pantanosa junto al estanque la noche anterior. Buscaron a fondo, metro a metro, hacia el este, y luego curvando hacia el norte, siguiendo el contorno irregular de la forma oblonga del bache. Comprobaron montículos y pantanos, grupos de sauces enanos y arbustos rojos, montones de matorrales y troncos entrecruzados, todos los lugares donde podría haber un escondite.

El equipo de búsqueda y rescate/recuperación acuática más cercano tardó un tiempo en llegar con su remolque, bote de rescate, equipo de escaneo y otros equipos, y no estaban listos para empezar a buscar en las secciones más profundas del estanque de casi cuarenta acres hasta casi el atardecer. También estaban equipados con luces brillantes alimentadas por baterías montadas tanto en su barco como en los trípodes, sin embargo, cuando llegó el crepúsculo, todavía podían trabajar. Además, para entonces la cámara térmica y la brigada de operaciones negras habían logrado rodear un poco más de la mitad del bache, procediendo en su mayoría en dirección oeste.

Además, un segundo escuadrón de tres hombres bajo la autoridad del comandante acababa de llegar, trayendo con ellos un tercer SUV remolcando un remolque de cama plana con un ATV atado a él.

Tiene que estar en algún lugar, se repitió el comandante una vez más para sí mismo. Y el paquete tiene que estar con ella. Será mejor que encontremos a ambos esta noche, o se me entregará mi culo también.

Fue a la parte trasera del tercer vehículo, donde el segundo equipo había traído obedientemente sándwiches para llevar, papas fritas, ensalada de papa, barras de proteína y jarras de café caliente.

Informó al líder del segundo escuadrón sobre todo lo que había sucedido, el estado de la búsqueda, y enfatizó fuertemente la absoluta necesidad de eliminar el objetivo principal y conseguir el paquete, sin preguntas, sin vacilar, estrictamente necesario saber, y no necesitaba saber más de lo que se le acababa de decir.

"Señor, sí señor", era la respuesta que se esperaba y que se dio con diligencia.

Poco después de que oscureciera se instaló para pasar la noche, justo cuando el primer escuadrón y su camioneta y cámara habían doblado la esquina oeste del bache, el radio graznó vivo en su soporte de cinturón. "Comando, ¿me recibe?"

Respondió rápidamente: "Adelante, líder de escuadrón uno, cambio".

"Puede que tengamos algo. La cámara térmica muestra una abertura disfrazada, algo como un túnel, y una débil imagen de calor corporal dentro de un compartimento. Cambio".

"Recibido, líder del escuadrón uno. Mantengan su 1020. Tendré la luz entrenada en su escena, y el escuadrón dos y yo estaremos allí en el doble. Cambio y fuera."

Llamó a la búsqueda y recuperación del barco y la tripulación y los hizo bajar a ese extremo del estanque y entrenar sus potentes luces en la dirección del escuadrón uno y el lado de la colina donde habían detectado su posible objetivo. El comandante entonces reunió a los miembros del escuadrón dos. Los cuatro se apilaron en el ATV y se desplazaron a lo largo de la franja entre el humedal pantanoso y el terreno suavemente inclinado a lo largo de él. En algunos puntos la franja se estrechó de manera que salpicaron el terreno húmedo y sucio con breves corridas de toro, pero el ATV estaba equipado con neumáticos de alta resistencia para condiciones como esa. Mientras corrían hacia la escena, se permitió un raro optimismo..

Ya era hora. Será mejor que la tengamos ahora. Necesito poder hacer un informe de "misión cumplida" antes de que termine la noche.

Había buenas razones para que sintiera algo de confianza. La cámara fue muy efectiva. Si decía que había un cuerpo en el compartimento subterráneo, entonces seguramente lo había.

CAPÍTULO DIECIOCHO

Todo estaba apropiadamente preparado cuando el comandante y el escuadrón dos llegaron a la escena en el ATV. El escuadrón uno se había posicionado con su líder de escuadrón y el número dos a cada lado de la maleza frente a la entrada detectada. El número tres ocupó un puesto en la cima de la colina, en un espacio en la maleza allí arriba. El comandante llamó por radio de nuevo al barco de búsqueda y recuperación y sus luces brillantes se desplazaron un poco más exactamente en el área objetivo. Para estar preparado quizás en exceso, hizo que el líder del escuadrón dos se uniera a él directamente frente al área de entrada y envió a los otros dos miembros del escuadrón dos a cada lado inclinado del montículo. Si se necesitaba algún disparo, todos sabían que debían tener cuidado con el fondo. No habría incidentes de "fuego amigo".

Con todo a punto, simplemente dijo "Procedan" al líder del escuadrón dos. El líder del segundo escuadrón había tomado un hacha del ATV, y comenzó a cortar y limpiar la maleza enredada lejos de la entrada y el "túnel" detectados. Al poco tiempo, ya había despejado lo suficiente como para permitir el acceso fácilmente. Todos los rifles y las armas de mano estaban listos. Y como es lógico, se detectó movimiento en el compartimento.

Se oyó un crujido, y un escuadrón de dos miembros en la ladera norte del montículo vio que los arbustos empezaban a moverse delante de él. "Viniendo hacia aquí", gritó. Y un gran tejón salvaje emergió de una segunda entrada de su madriguera, rápidamente acompañado por sus dos jóvenes casi de tamaño completo que le seguían directamente. Los tres tejones se escabulleron al ver al operativo vestido de negro y desaparecieron rápidamente en más matorrales.

"Eran tejones", informó el hombre con otro grito, y luego lo repitió en su micrófono de radio.

"Maldito sea todo el infierno", gritó el comandante. "¡No puedo creerlo!" Los pensamientos discretamente silenciosos de la media docena de agentes en la escena fueron casi unánimes.

Sí, fubar a lo grande.

CAPÍTULO DIECINUEVE

Con la oscuridad ennegreciendo el interior de la bodega de raíces, Alice estaba trabajando en su coraje para hacer su movimiento, aunque arriesgado hasta el extremo. Se preparó, se puso su chaqueta, se aseguró de que su linterna estuviera en un bolsillo, y su móvil sin vida en el otro bolsillo. La memoria portátil número uno estaba todavía en el compartimento oculto del tacón de su zapatilla. Una vez más sujetó su portátil con la cadena al brazalete que llevaba en la muñeca, asegurándose así de no dejarla caer al suelo accidentalmente, ni que se lo quitara de la mano.

De alguna manera le había gustado más bien volver a la bodega después de todos esos años, y sus recuerdos nostálgicos sobre cosas como el "glaseando" y la abuela enseñándole a hornear. Pero tenía que creer que su tiempo casi se había acabado para estar a salvo ahí dentro. Había dejado la puerta interior abierta todavía, para tratar de escuchar el exterior. Y como no había oído nada de los malos, se asustó cuando oyó el rugido del ATV a unos metros de distancia.

Se detuvo en seco y se sintió casi paralizada por un par de minutos. Estaba lista para intentar escapar, pero ¿qué significaba el ruido de la maquinaria? El rugido fue disminuyendo a medida que continuaba escuchando..

¿Pero eso significa que se ha ido, o que volverá pronto, o que está pasando ahí fuera?

Pero cuando el ruido se detuvo, tuvo que asumir que lo que fuera se había ido y que aún no había sido detectado. Después de un par de minutos más o menos, se armó de valor para abrir un poco la puerta exterior y al menos asomarse.

Y cuando lo hizo, pudo ver que la maleza y las hojas que había agrupado frente a la puerta exterior aún estaban intactas. Todo estaba oscuro afuera, pero un brillo brillante se filtró a través de la maleza desde la orilla hacia su izquierda. Dudó en dar un paso, teniendo cuidado de no agitar los arbustos para crear ruido o movimiento visible. Luego otro paso cuidadoso. Tan silenciosamente como el proverbial ratón, se abrió camino hasta que pudo ver mejor la dirección de ese brillante resplandor. Todavía estaba atenta para tratar de mantener su silueta oscurecida lo mejor posible.

Parecen estar concentrados más allá del extremo oeste del estanque. Ahí debe ser donde esa máquina o vehículo se dirigía. Y tienen esa área toda iluminada. . Ella no tenía idea de lo que estaban haciendo ahí abajo, ni se le ocurrió que la fuerte iluminación hacía aún más difícil ver algo en su dirección en la oscuridad de la noche.

Alicia esperaba fervientemente, desesperadamente, que no quedara ningún remanente de guardia o centinela en dirección a la granja. Y debería haberlo habido, de acuerdo con un protocolo minucioso, pero la noticia de una detección de imagen positiva después de tantas horas infructuosas de búsqueda quizás causó que el comandante y sus escuadrones se metieran de lleno en la madriguera del tejón que era el escondite de la mujer. Ella continuó moviéndose tan silenciosa y cautelosamente como pudo en dirección a la casa, y fue todo lo que pudo hacer para contenerse y no salir corriendo en una carrera desesperada por su vida.

Cuando finalmente llegó al borde del patio, se dirigió al borde del bosque junto a la casa, deslizándose tan silenciosamente como pudo hacia la línea del árbol para ocultar mejor su forma de la vista de nadie. Odiaba mucho hacerlo, pero se obligó a detenerse y observar cualquier movimiento, y escuchar cualquier sonido, cerca de la casa o del coche. Nada.

Tal vez no dejaron a nadie atrás para vigilar o vigilar todos sus vehículos y equipos.

Ella no perdió tiempo o energía mental contemplando eso, sino que continuó moviéndose hacia el sur, manteniéndose cerca de los árboles tanto como pudo. Su ruta era paralela a la de la carretera, y gradualmente se acercó a la carretera del pueblo.

Finalmente, llegó al punto en el que se vio obligada a abandonar el bosque, cruzar una franja abierta y herbosa de varios metros, y atravesar la zanja de la carretera con sus propios juncos, totoras, agua poco profunda y mugre. Decidió no arriesgarse a hacer ningún ruido de salpicadura o movimiento de los juncos y las totoras tratando de atravesarlos. En su lugar, se arriesgó a mantenerse cerca de ellos y a arrastrarse hasta la alcantarilla por la que pasaba el camino de la granja.

¡Por fin! Pensó con una mezcla de alivio ansioso y algún triunfo parcial. Y como una tremenda ventaja, vio los faros que venían a lo largo del camino del pueblo desde la dirección del pequeño pueblo hacia el oeste y el sur. El vehículo le pareció que tardaría una eternidad en doblar la

curva del camino pasando la casa abandonada y en ruinas al oeste, y estaba a varios cientos de metros, pero cada vez más cerca y más brillante.

Alice se preparó para salir y hacer una bandera. Estaba temblando y prácticamente saltando arriba y abajo, anticipando el final de su calvario. El coche o la camioneta pasó por la granja abandonada y ahora estaba a sólo un cuarto de milla de distancia. Salió a la acera y se paró en el carril este, agitando frenéticamente su brazo derecho mientras sostenía la computadora portátil con su mano izquierda. Unas manos fuertes y ásperas la agarraron por detrás.

CAPÍTULO VEINTE

Hospital y Clínica Psiquiátrica de la Universidad de Iowa
El lunes siguiente ...

Un hombre con bata de laboratorio blanca salió por la puerta de "Sólo para personal" de la unidad segura de 22 camas del Departamento de Psiquiatría a la sala de espera de la familia. Estaba mirando una carpeta en un portapapeles, pero cuando entró en la sala de espera miró a uno de los dos hombres sentados nerviosamente en las sillas alrededor de las paredes, y luego al otro, y preguntó, "¿Sr., ah, Chernowski?"

El hombre de mediana edad del lado izquierdo de la habitación respondió: "Aquí". El hombre mayor del lado derecho parecía decepcionado y agachó la cabeza bastante abatida.

El psiquiatra invitó a Victor Chernowski a seguirlo hasta una pequeña sala de conferencias detrás de una puerta cerrada con una pesada ventana de vidrio.

"Por favor, siéntese", el doctor hizo un gesto hacia una de las ocho sillas de la mesa central. El psiquiatra se sentó frente a Vic y miró de nuevo la carpeta del paciente que había colocado en la mesa delante de él. "Soy el Doctor Jenkins. Y usted está aquí en relación con, ah, Alice Louis. Alice es tu...?"

"Mi esposa, sí. Llevamos casados casi nueve años."

"¿Y entiende que Alice está hospitalizada y confinada aquí porque fue traída anoche por la preocupación por su bienestar inmediato, así como por la seguridad de los demás, debido a lo que parece ser un episodio psicótico?"

"Sí", afirmó Vic un poco nervioso, "Tiene un historial de salud mental de esquizofrenia paranoide aguda desde la temprana edad adulta..." Habría continuado, pero el doctor lo interrumpió gentilmente, obviamente teniendo su propia agenda que seguir.

"Puedo ver que, aunque todavía estoy en el proceso de familiarizarme con su historia e información gráfica. Sin embargo, antes de continuar, podría mencionar que la "esquizofrenia paranoide" es una categorización de subtipos que no se ha usado realmente en los Estados Unidos desde, aproximadamente, el año 2013. Ahora nos referimos a este trastorno mental crónico simplemente como "esquizofrenia". Como supongo que ya sabe, los esquizofrénicos se alejan de la realidad. Pero sí, los delirios persecutorios se manifiestan muy a menudo en su mente y sus emociones. Y esos delirios suelen ir acompañados de alucinaciones y perturbaciones perceptivas..."

Vic quería ser respetuoso y averiguar todo lo que pudiera sobre la condición o estado actual de su esposa, pero no podía evitar sentirse un poco impaciente con lo que parecía ser una conferencia de Esquizofrenia 101 para un cónyuge ignorante. Había estado lidiando con los problemas de salud mental de su esposa durante años, con todo el amor y apoyo que podía. Era su turno de interrumpir suavemente.

"Sí, tiene esa típica experiencia de delirios, alucinaciones, oír voces en su cabeza que no están realmente ahí... al menos no vienen de fuera de ella. Y a veces ha sufrido en términos de su capacidad de funcionar en su enseñanza en la Universidad y otros aspectos de la vida diaria, pero el tratamiento ha mejorado generalmente su calidad de vida y trabajo..."

El doctor en psiquiatría interrumpió de nuevo. "Y quiero saber sobre el historial del tratamiento, así como lo que ocurrió en el incidente que la trajo aquí anoche.

"Supongo que ahora le han recetado neurolépticos entre sus medicamentos."

"Sí", afirmó Vic. "Durante, oh, probablemente cinco años o más en este momento. Y generalmente ha manejado sus delirios, alucinaciones y paranoia bastante bien. Al menos alivió tanto la frecuencia como la intensidad".

"Bien, bien. Bueno, puede que tengamos que ajustar la dosis de la prescripción. ¿Y se ha ceñido estrictamente al protocolo de prescripción, a las instrucciones? Como estoy seguro de que sabe, no es raro que los pacientes con trastornos de salud mental caduquen o se autoajusten cuando se sienten mejor o no han sido afectados por un tiempo.

"Y una de las razones comunes para no ser suficientemente disciplinados con respecto a los medicamentos es que el uso a largo plazo de antipsicóticos puede presentar efectos adversos como trastornos de movimiento involuntarios, o a menudo de preocupación para las mujeres especialmente, el aumento de peso".

"No, ella entiende la importancia de mantener un tratamiento cuidadoso, y de no variar las prescripciones o instrucciones a menos que consulte con su médico primero". Pero entonces Vic dudó y miró hacia otro lado, y luego de vuelta al doctor. "Aunque se sentía tan 'levantada' al final de la semana pasada por nuestros planes de pasar el fin de semana en su vieja casa familiar y en la granja de la pradera. Tengo que preguntarme ahora si ella podría haber relajado su disciplina habitual, tal vez subconscientemente - lo siento, supongo que estoy cayendo en su especialidad..."

"No, está bien", dijo el psiquiatra, "Continúa".

"Bueno, tal vez subconscientemente de alguna manera no sentía la necesidad de ser tan cuidadosa con sus medicamentos. Ya sabes, sintiéndose tan bien y casi "drogada" por nuestra pequeña escapada."

"Eso suena como el tipo de comportamiento exhibido por mis pacientes con trastorno bipolar, pero las líneas entre estos trastornos no siempre están estrictamente trazadas. Ahora también me gustaría tener una imagen más completa de su historia y actividad reciente..."

Pero en ese momento se produjo otra interrupción. Una enfermera psiquiátrica abrió la puerta.

"Siento interrumpir, doctor, pero ¿puedo hablar con usted un momento?"

El Dr. Jenkins miró a Vic: "Por favor, discúlpeme. Quédese aquí y volveré en un momento". Tomó la carpeta de paciente de Alice y salió de la sala de conferencias, siguiendo a la enfermera.

El "momento" se extendió en más de 10-15 minutos, pero finalmente regresó cuando Vic se vio obligado a preguntarse qué estaba pasando que había perturbado su consulta.

"Lo siento", dijo el psiquiatra mientras volvía a su sitio en la mesa. Abrió la carpeta de nuevo y Vic no pudo evitar notar que se añadieron notas frescas mientras el doctor estaba ausente.

Vic pensó inmediatamente, *¿Era sobre Alice?*

Y así fue.

CAPÍTULO VEINTIUNO

Vic sintió que las siguientes palabras del psiquiatra tenían un tono un poco más alarmante.

"Me llamaron", explicó, "porque su esposa se ha vuelto catatónica. Experimentó algo parecido a una convulsión, exhibió un movimiento anormal, 'espasmos', ciertamente surgidos de su todavía perturbado estado mental de esquizofrenia. Estaba haciendo acciones repetitivas, pero en un estado de inmovilidad. La catatonia no suele ser prominente en su esquizofrenia, pero definitivamente puede manifestarse relacionada con imágenes violentas. La hemos tratado con un sedante llamado 'benzodiacepina', que también se usa para aliviar la ansiedad".

Vic estaba mucho más alarmado por esa explicación. "Ah, ¿qué ha provocado esto? ¿Cuánto tiempo durará? ¿Puedo verla? ¿Es probable que suceda de nuevo?..."

El Dr. Jenkins trató de frenar su torrente de preguntas. "Como dije, probablemente está relacionado con cualquier imagen violenta que estaba experimentando en sus alucinaciones. Puede durar algunas horas, pero mientras tanto, la estamos reteniendo por su propia seguridad y la de los demás. Probablemente es mejor que no la vean todavía, hasta que se calme y pueda aceptar los estímulos y responder. Pero sí, puede suceder de nuevo. Es de vital importancia que se estabilice con el tratamiento".

"¿Puedo preguntar qué, si acaso, dijo o estaba haciendo mientras esto sucedía?"

""Las enfermeras y ordenanzas que respondieron a este episodio informaron que sólo dijo dos palabras antes de volverse poco comunicativa: 'bodegando' y ' glaseando '. Y entonces pareció como si sus ojos se hubieran puesto vidriosos en su estado catatónico. ¿Esas palabras tienen algún significado para ti?"

"En realidad, sí tienen", dijo Vic. "Le encantaba la vieja bodega de raíces pionera en la granja familiar en la pradera cuando era una niña, visitando a sus abuelos. Solía ir allí a jugar con su hermana y amigos, y lo consideraba un lugar mágico. Lo llamaba su "lugar feliz". Llamaron a la experiencia "bodegando".

"Y en cuanto a la palabra 'glaseando', su abuela le enseñó a hornear - maravillosos y deliciosos pasteles de frutas, pasteles de café, panes y bollos, panes de lujo - y la abuela le pedía a Alicia que trajera frascos de frutas enlatadas como melocotones, albaricoques, ciruelas de la bodega de la raíz para hacer cubiertas de glaseado para esas golosinas. ¿Pero había algo más?"

"Bueno, un suceso bastante extraño que la enfermera informó. Parece que justo antes de que la catatonia se apoderara de ella, tal vez cuando empezaba, su esposa se había quedado sola en su habitación. Ahora permítame apresurarme a agregar que ella había estado tranquila y no agitada, no contenida en ese momento. Pero se levantó, salió de su habitación sin que nadie se diera cuenta y fue a la sala de enfermeras. Nadie estaba en la estación en ese momento, así que Alice no fue observada. Por alguna razón, sin duda relacionada con su estado de delirio, cogió uno de los ordenadores portátiles de la estación, lo cerró y lo llevó a su habitación.

"Ahora no se produjo ningún daño, nada se alteró en el ordenador, y lo que había hecho se detectó rápidamente. Pero cuando una de las enfermeras y un asistente procedieron a recuperarlo de su tenaz agarre, ella luchó por conservarlo y repitió, "mis notas, mis notas". Se resistió a renunciar a ello con todas sus fuerzas, y fue en ese momento cuando la catatonia realmente se instaló, y esas palabras, "bodegando" y "glaseando".

"Bueno, esto ha sido bastante por ahora. ¿Quiere seguir esperando aquí hasta que pueda verla, Sr. Cher...?" El médico echó un vistazo a sus papeles, "Chernowski, ¿verdad?"

"Bien". Bueno, Dr. Chernowski, en realidad, pero no suelo ser tan formal."

""¿Médico?" El Dr. Jenkins levantó una ceja como sorprendido.

"No, la literatura moderna en la universidad", dijo Vic.

No estaba seguro de que el psiquiatra pensara que eso contaba, ya que inmediatamente volvió a sus papeles. Vic todavía tenía una pregunta.

"Así que volvamos al tratamiento si podemos. Mencionó al principio que había ajustado sus medicamentos. ¿Hay algún otro tratamiento que prevea?"

"Estamos tratando de evaluar el tipo de catatonia que está manifestando. La más común es la acinética, que sería consistente con una mirada perdida, ojos vidriosos, falta de respuesta, pero obviamente ha demostrado otro tipo llamado catatonia "excitada", habiendo mostrado movimientos repetitivos y sin sentido, agitación y siendo combativa. La catatonia excitada también puede ser delirante, pero como su esquizofrenia se experimenta con alucinaciones y delirios, puede ser difícil diferenciar lo que causa su esquizofrenia y lo que es resultado de un tipo de catatonia. Los dos pueden coincidir. Lo resolveremos y lo trataremos lo mejor que podamos determinar.

"Sin embargo, Sr. Chernowski, debo decirle que, si los sedantes no funcionan para ayudar a Alice a salir de este episodio catatónico, y la catatonia parece ser severa y de múltiples tipos, puede ser necesario ponerla a "dormir" y usar terapia electroconvulsiva, que a menudo nos referimos simplemente como ECT".

Vic hizo un gesto de dolor perceptivo. "Recuerdo a un pariente mayor que fue sometido a lo que en aquel entonces se llamaba 'electrochoque', y no fue el procedimiento más agradable o efectivo".

"Tenga la seguridad", dijo el psiquiatra, "de que las técnicas han avanzado y se han perfeccionado considerablemente a lo largo de los años. Básicamente, si ese tratamiento parece necesario, colocamos electrodos en su cabeza y enviamos impulsos eléctricos cuidadosamente controlados y medidos al cerebro. El objetivo, por supuesto, es ajustar los circuitos eléctricos naturales y los impulsos del sistema neurológico."

"Ahora bien, obviamente este no es mi campo de especialidad", declaró Vic, "pero en los años posteriores a la experiencia de mi pariente con la terapia de electrochoque, traté de leer hasta cierto punto sobre la eficacia de la TEC, y ¿es cierto que no se ha estudiado ampliamente su efecto sobre la esquizofrenia? También, ¿que en realidad causa algo como un ataque al cerebro?"

El Dr. Jenkins pareció endurecerse un poco como si estuviera siendo desafiado por un lego en su campo de especialización. "Le aseguro, de nuevo, que puede dejarnos eso a nosotros." Aparentemente decidió que había pasado más que suficiente tiempo en esta consulta. Se levantó, cerrando su archivo y carpeta.

"El seguimiento también incluiría la psicoterapia conmigo, una vez que Alice se haya estabilizado lo suficiente para ser dada de alta e irse a casa. Las citas se harían aquí en nuestra clínica, comenzando con sesiones individuales entre ella y yo, pero luego incluyéndote a ti, posiblemente a otros familiares cercanos. Ahora si me disculpan, tengo otros pacientes con los que tengo que tratar".

En general, Vic sintió que la consulta había sido informativa, y parecía que Alice recibiría una evaluación, un diagnóstico, un tratamiento y una atención general minuciosos, pero a pesar de estar mejor informada y tener más conocimientos que probablemente el familiar medio de una persona esquizofrénica, toda la experiencia fue sumamente inquietante, preocupante y frustrante. El tratamiento de los trastornos de salud mental era muy difícil tanto para el paciente como para sus seres queridos, y para no ser injusto en lo más mínimo, tenía que preguntarse qué tan bien podían los profesionales de la salud mental tratar y mejorar la salud mental y el bienestar de las personas en sus vidas.

Decidió que necesitaba un descanso, se aseguró de que la enfermera y la recepcionista tuvieran su número de celular y entendieran su deseo de ver a Alice tan pronto como pudieran hacerlo, y se fue a comer algo. También sintió la necesidad de pensar seriamente en los pasos positivos que podría dar por ella ahora y en el futuro. Estaba preparado para proporcionar todo el amor, apoyo y esfuerzos que pudiera hacer por ella. Nada era más importante para él que Alice.

CAPÍTULO VEINTIDÓS

Diez semanas después de que Alice fuera liberada de
el hospital psiquiátrico y regresó a su casa en Coralville ...

Los sedantes aliviaron la catatonia de Alice Louis,

aunque era imposible saber si fue el tratamiento lo que la ayudó a salir de la condición, o si la propia química, circuitos y poder natural de curación de su cerebro fue la fuerza verdaderamente decisiva. En cualquier caso, aunque su esquizofrenia requeriría un cuidado y un tratamiento constantes durante el resto de su vida, no se utilizó la terapia ECT.

Junto con sus medicamentos ajustados, las citas de seguimiento en la clínica, las semanas de sesiones de asesoramiento psicoterapéutico y mucha más lectura e investigación para comprender mejor su trastorno de salud mental y la mejor manera de vivir y trabajar con él, Vic y ella discutieron lo que podían hacer para que su vida en general fuera lo más solidaria y terapéutica posible.

Una pérdida que preocupaba a Alice era la desaparición de su portátil personal y codificado. De alguna manera se había perdido el fin de semana en que Vic y ella planeaban hacer su viaje al país. El recuerdo de lo que hizo con él, donde lo vio por última vez, o lo que podría haberle pasado, parecía completamente perdido en la confusión de su episodio psicótico. Menos preocupante, pero todavía molesto, fue el extravío en el hospital de la bolsa plástica de plástico que contenía su ropa, cinturón, chaqueta y zapatos en el momento de su ingreso. El personal de la unidad psiquiátrica se disculpó y un representante del hospital le prometió que le reembolsarían los artículos de reemplazo de valor similar.

Pero la mayor pérdida la enfrentaron una vez en casa. Fue una decisión difícil, pero como la vieja granja de la pradera, la casa de campo con su inusual habitación segura y el viejo sótano de la raíz parecían tener algo que ver con su episodio psicótico, aunque sólo fuera en su mente, acordaron, tras semanas de lucha con ella, los pros y los contras, de ida y vuelta, que pondrían el histórico lugar a la venta. Sólo pasaron tres meses hasta que los segundos posibles compradores que recorrieron la casa y la superficie se enamoraron instantáneamente de las perspectivas de tener un lugar en el campo que les diera a ambos una escapatoria de los negocios de Madison, Wisconsin, y un futuro lugar de retiro y una granja de pasatiempos.

Cuando la inminente venta estaba firmemente en depósito, Vic y Alice hicieron un último día de viaje a la casa para decir "adiós". Entre otras cosas, la visita final fue terapéutica en el sentido de que reforzó la realidad de que su aterradora alucinación y su persistente trauma ya no era algo que la atormentara con falsos recuerdos. Incluso revisó el viejo sótano de la raíz y se permitió un poco de nostalgia bien sazonada sobre sus viejos días de "bodegando".

Sin embargo, también fue realmente triste, porque se enteraron de que los nuevos propietarios planeaban derribar la antigua casa de su abuelo. Les gustaba la sensación "pintoresca", pero al tener el dinero para hacerlo, querían construir una casa moderna de última generación con una arquitectura rural única, toda de energía solar, completamente eficiente en cuanto a la energía, con amplias ventanas curvas de triple panel y amplias puertas de patio, algo digno de *Architectural Digest*. Tampoco vieron el sentido de la habitación de seguridad casera. No se preocuparon por la amenaza de feroces tormentas eléctricas o tornados.

Unos dos meses después de que Alice y Vic hicieran su visita de despedida al lugar, el equipo profesional de demolición y maquinaria pesada comenzó en la casa señorial. Con grandes y poderosas excavadoras y una pesada grúa perforaron los muros exteriores y los tachones. No pasó mucho tiempo antes de que la sala de seguridad se derrumbara sobre la pila de escombros, todavía notablemente intacta debido a sus vigas muy resistentes, los marcos extrapesados del suelo y el techo, y los soportes interiores.

También se derrumbó, por supuesto, el ático y el techo, que estaban muy inclinados. Y sin que el equipo de demolición se diera cuenta, la antigua veleta de bronce con forma de gallo en el centro del techo. Desapareció sin ser vista en la pila de escombros y escombros. Pero si alguien hubiera escudriñado su vergonzosa caída - sin proclamar más las direcciones cambiantes de los vientos y las tormentas que se avecinaban - no había forma de que hubieran visto un pequeño objeto, mayormente negro, expulsado de debajo de la base que anclaba la clásica veleta en la cresta del techo.

Era una unidad USB 3.0 SanDisk Ultra, 64 gigabytes. Desapareció como una pequeña parte de todo el polvo y la basura que pronto fue recogida por un gran cubo dentado en el extremo de la grúa y vertida en un camión volquete gigante de varias ruedas que se dirigía a un relleno de escombros de construcción. Sólo los ángeles en el cielo sabrían qué datos se almacenaban en él.

Fin

EPÍLOGO

La novela que acaba de leer merece al menos dos puntos de seguimiento, creo.

Primero es que la salud mental es uno de los asuntos más grandes y críticos entre los seres humanos en todo el mundo. Aunque es imposible tener cifras exactas, los organismos de salud mental de todo el mundo estiman que cerca de mil millones de personas -aproximadamente entre el doce y el trece por ciento de la población mundial de 7.800 millones de seres humanos (en marzo de 2020)- sufren algún tipo de trastorno mental o de abuso de sustancias. En términos de tipo de trastorno específico, el mayor número de personas tiene un trastorno de ansiedad, estimado en alrededor del cuatro por ciento de la población mundial.

Se estima que la esquizofrenia y los trastornos psicóticos por sí solos afligen al menos al uno por ciento de la población de la Tierra, con 20 millones de personas afectadas por la esquizofrenia. Se puede decir con seguridad que la gran mayoría de lo que es realmente una pandemia pasada por alto no se trata.

Sólo en los Estados Unidos de América, se estima que aproximadamente el uno y cuarto por ciento de la población, es decir, tres millones y medio de personas, padecen de esquizofrenia. Y casi la mitad de los adultos estadounidenses experimentará alguna enfermedad mental durante su vida. En 2019, eso representaba unos 44 millones de personas en un año.

Ya sea a nivel mundial o nacional, las cifras y los porcentajes son abrumadores, lo suficiente como para hacer que los ojos de una persona se vuelvan vidriosos y alentar cualquier forma de "bodegando" que uno prefiera. Y lo que es peor, sólo alrededor del cuarenta por ciento de los estadounidenses que sufrieron un trastorno mental en algún año reciente recibieron algún tipo de atención médica profesional u otros servicios útiles.

La mayoría de la gente sabe que las enfermedades y los trastornos mentales, incluso la dificultad y la angustia mentales relativamente temporales, son extremadamente inaceptables en muchas familias, grupos de personas y en la sociedad en general. Este fenómeno tremendamente común, limitante y a menudo debilitante es "escondido" o "encubierto" por las víctimas, las familias, los compañeros de trabajo e incluso los amigos, ya sean cercanos o casuales. Por lo general, una persona no tiene problemas para admitir que tiene un resfriado, un resfriado de nariz o que tiene que tomarse un día de descanso por enfermedad. Muy pocos se sienten cómodos al revelar que están tratando con un trastorno o enfermedad mental. El sentido de vergüenza es tan poderoso como para ser evitado a toda costa para muchos. Sin embargo, las estadísticas no pueden ser negadas. La mayoría de las personas en América - y en todo el mundo, para el caso - o bien sufren de problemas de salud mental y enfermedades ellos mismos o tienen a alguien en su familia cercana que los sufre. Probablemente se expande al 100% cuando el círculo se amplía para incluir a amigos, conocidos y asociados.

Y si bien el fenómeno de la vergüenza aplastante ha disminuido al menos en cierta medida en la sociedad estadounidense, la respetada publicación *Psychology Today (2018)* subraya que no hace tantos años que los miembros de la familia que padecían problemas psicológicos eran considerados casi universalmente como una vergüenza para la familia y a menudo se les ocultaba en manicomios, hospitales y salas de psiquiatría, instalaciones seguras y, ciertamente, en las prisiones.

De hecho, cualquier marido en una sociedad altamente patriarcal tenía el derecho de ingresar a su esposa en un pabellón permanente sin su consentimiento, e incluso ordenar la terapia electroconvulsiva. Una vez más, las cosas han mostrado cierta mejora. Por ejemplo, el "choque de los proyectiles" y la "fatiga de la batalla" que a menudo se descarta demasiado a la ligera y que afecta al personal militar y a otros, se ha reconocido como un trastorno de estrés postraumático, y hoy en día se diagnostica y trata mejor. Pero, por otro lado, se reconoce generalmente que un tremendo número de personas sin hogar y "gente de la calle" de América sufren constantemente de desórdenes mentales y a menudo son veteranos con TEPT. La vergüenza en realidad necesita ser poseída por todos nosotros, especialmente incluyendo todos los niveles del gobierno.

En cuanto al segundo punto de seguimiento, es necesario reconocer como verdad y hecho irrefutable que la democracia y, de nuevo, todos los niveles de gobierno, el poder y la influencia en los Estados Unidos de América se han convertido en esclavos de la codicia, de las ganancias a corto y largo plazo, y del efecto corruptor del dinero que lo compra todo. La lucha política en la nación no es tanto entre conservador y liberal, autoritario y progresista, capitalismo y socialismo... sino entre la genuina democracia del pueblo, para el pueblo y por el pueblo... y la plutocracia fuera de control, una sociedad y nación gobernada por unas pocas personas, corporaciones y sociedades de gran riqueza y lujuria por más. Irónicamente, la plutocracia no está necesariamente enraizada en ninguna filosofía política establecida, pero puede ser fácilmente reducida a "Yo tengo, tú no, y quiero tanto de lo poco que tienes como pueda conseguir". O en las palabras y el mantra diario del hombre más rico del mundo de una generación anterior, "Sería muy feliz con un poco más."

Ya sea que se trate de la "distribución de la riqueza", de la equidad de los ingresos, de una compensación más equitativa y acorde con la necesidad y el valor real, del comercio justo, de la reforma de la financiación de las campañas, de la protección de los consumidores, de un "nuevo trato" o de una gran cantidad de otras cuestiones y perspectivas legítimas, es necesario sacar la crisis a la luz, diagnosticarla, tratarla y curarla. No debería haber ninguna vergüenza personal, familiar, social o nacional para la Justicia y la Rectitud.

SOBRE EL AUTOR

El Rev. Dr. David Quincy Hall es un pastor presbiteriano jubilado que vive con su amada esposa, el Rev. Maxine, sus hijas, su yerno, su nieto y dos perros en Oceanside, en el sur de California.

David es un activista de los derechos civiles, ambientalista y defensor de la justicia social de toda la vida. Sus dos primeras experiencias en el ministerio pastoral fueron en los barrios pobres de San Francisco, California y Pittsburgh, Pensilvania en los años 60. Ha dialogado y ejercido presión sobre los miembros del Congreso en Washington, D.C. y los legisladores y comités estatales en relación con estas cuestiones.

Su ministerio parroquial se desarrolló con congregaciones de todo el país en Pennsylvania, Michigan, Iowa, Wisconsin y California, en diversos entornos, incluyendo el metropolitano, el centro de la ciudad, el suburbano, las ciudades medianas y pequeñas, los pueblos pequeños, las zonas rurales y los bosques del norte.

Uno de los muchos temas críticos que el Rev. Dr. Hall ha abordado en su vida y ministerio es la pandemia de enfermedades y trastornos mentales que afecta a la mayor parte de la población estadounidense y mundial. El "bodegando" salió de una carga en su corazón y mente para todas las personas que ha conocido y atendido con esas aflicciones. Está situado en la región de las praderas americanas en Iowa y el suroeste de Wisconsin en la que estudió, trabajó y fue pastor hace años.

Como su serie de novelas de misterio de asesinatos, *Death Most Unholy* (*La Muerte Más Profana*), incluyendo los libros: *Death Comes to the Rector* (*La Muerte Llega al Rector*), *Death Crashes the Wedding* (*La Muerte se Mete en la Boda*), y *Death Stalks the Forest* (*La Muerte Acecha al Bosque*), esta novela es de ese género, pero con un mensaje muy poderoso y pertinente.